LA CARAVANA
DE GARDEL

Autores latinoamericanos

FERNANDO CRUZ KRONFLY

LA CARAVANA DE GARDEL

Novela

PLANETA

Colección: AUTORES LATINOAMERICANOS

Diseño de portada: Marina Garone

© 1998, Fernando Cruz Kronfly
DERECHOS RESERVADOS
© 1998, Editorial Planeta Mexicana, S.A. de C.V.
Avenida Insurgentes Sur núm. 1162
Colonia del Valle, 03100 México, D.F.

Primera edición: agosto de 1998
ISBN: 968-406-776-3

1

Antes de partir rumbo a la comarca Umbría, donde la tierra atardece, Arturo Rendón decidió darse una vuelta por el prostíbulo de María Bilbao. Allí siempre había encontrado, a la medida de su creciente sombra interior, un rincón ideal para enfrentar sus pesares, sentarse a escuchar la música de su perturbación y observar sin afán el dorso del infinito, que él veía nacer a cada instante no sólo en el borde de su vaso sino en el cuerpo redondeado de las botellas.

Desde diciembre de 1935, cuando le fueron confiados para su transporte los restos que quedaron de Carlos Gardel, junto con veinte baúles de la utilería de su comparsa, su vida nunca pudo volver a ser la misma. Su sensibilidad pasó a ser otra y su ropero debió adecuarse a la transformación de su sensibilidad. Pero ahora había decidido por fin no esperar más y partir de una vez en busca de lo que él sentía que le pertenecía: su parte en el producto de aquella borrosa profanación, de la que él se había enterado apenas entre sueños pero de la que sólo ahora se atrevía a hablar. Pero una cosa fue empezar a meditarlo para sí como un obseso durante todo el día, incluida la noche, y muy otra atreverse a dar el paso que lo habría de conducir de la meditación a la acción, aunque fuera gradualmente. Quince años de espera corroen la coraza de cualquier indiferencia, por profundo que haya sido el motivo del ensimismamiento.

Según las últimas pistas, Heriberto Franco vivía ahora en Umbría. Cambiado de fisonomía, olvidado de su pasado y con bigote, al parecer se dedicaba a atender una pesebrera de su propiedad y de paso se refugiaba de los reclamos de la humanidad, aprovechando la sombra de los nevados. Se trataba entonces de caerle por sorpresa, hacerle sentir la punta de los colmillos en el resplandor de su nuca, empujarlo hasta un rincón y amenazarlo con un escándalo. Y, de ser mucha su obstinación, arrastrarlo en cuatro patas hasta el portal de la cárcel, tal como se lo merecía. En realidad, Arturo Rendón no exigía demasiado. Cuando mucho una tira del ala del sombrero de Gardel o un jirón de su bufanda. Y, además, una buena tajada de aquello de lo que no se atrevía ni a hablar.

Sin saber las causas y a pesar de su aceptable estado general, Arturo Rendón se sentía ya muy abatido por el peso del mundo. Sospechaba haber caído en poder de un extraño desequilibrio del alma, ocasionado por una tristeza sin regreso que él poco a poco consideró insuperable debido a su carácter, tan aficionado a lo esencial a pesar del origen rústico de su espíritu. Intuía a su modo que había sido tocado por la desesperanza de los tiempos y se sentía cubierto de niebla de la cabeza a los pies. Y para el sosiego de tales quebrantos era que él precisaba cuanto antes la recuperación de lo suyo.

Escuchaba la voz de Gardel día y noche, como un elixir. Y empezó a doblarse poco a poco sobre el lomo del mundo, perturbado. Iba a contemplar el bailongo de los tangos y las milongas en una de las esquinas del Guayaquil, y cuando por fin se marchaba para tumbarse en su lecho de hombre abandonado no podía dejar de escuchar la música de fondo de la ciudad, que a modo de constante efluvio le llegaba desde el "Bettinotti", ese siniestro bar de la esquina contraria donde a juzgar por el continuo murmullo de sus quejas jamás nadie dormía ni bajaba la guardia. "El tango dice tanto de mí, que él y yo hemos quedado convertidos en la misma cosa", pensaba Arturo Rendón. En tales condiciones de melancolía, en las que de pronto había quedado hundido por la fuerza de las cosas, un pedazo de sombrero o un jirón de la bufanda podrían bastarle. Pero, sobre todo, un poco de lo otro. De una astilla del madero de Cristo a una reliquia de Gardel, había menos de nada. El prostíbulo de María Bilbao ofrecía a su clientela los servicios que por entonces debían incluirse en el menú de la democrática y plural ideología de la noche. Allí se reunía, para cantar abrazada en medio de la ebriedad igualitaria, toda la baraja social de la ciudad. Desde la alta gerencia hasta el último engrasador de zapatos. Abrazo y mutuo tratamiento de confianza inimaginables por fuera del desjerarquizado espacio prostibulario, lugar donde todos por parejo se degradaban chapoteando en el mismo fango para implorar luego la misma misericordia. Por el solo hecho de bajar a las aguas del prostíbulo todos quedaban convertidos por igual en una manada de pobres hijos de puta, acorralados y cínicos ante la fuerza de las tentaciones y variopintas representaciones del pecado, la contundencia de las aberraciones pendientes y el pavor del infierno. El prestigio de lo de María Bilbao como cobertizo donde solía sombrear su pellejo el demonio, había ido consolidándose a medida que arreciaban las denuncias del clero y se producían los violentos señalamientos de la jerarquía. Desde las copas de los árboles de mango que crecían en aquel patio sereno y sombreado y que más que árboles parecían chimeneas, subían al cielo en las tardes de domingo brillantes chisporroteos y llamaradas que la parroquia atribuía a desahogos y holganzas de Lucifer. Pero las chicas que allí calmaban la sed de vida y entraban en trato con los hombres no se arredraban por el impacto de aquella aurora boreal. Para una chica del bajo mundo que debiera ennoblecer su currículum, trabajar en lo de María Bilbao era como haber sido admitida en un plan de estudios conducente a un título de posgrado. Y fue allí donde Arturo Rendón decidió ir a recalar cuando se enfriaron para él, hasta cubrirse de hielo, los días que siguieron a diciembre de 1935.

De joven, Arturo Rendón se había desempeñado como rústico arriero de mulas por los caminos del viejo Caldas. Expulsado del campo por causa de las masacres que vinieron más tarde, terminó por refugiarse en una barriada del bajo Medellín, en una especie de conventillo o vecindad para desplazados. Poco después conoció a una vaca medio loca llamada Amapola Cisneros, mujer infectada de rojos atributos por fuera aunque hecha de semillas negras por dentro, de quien se enamoró como un perro y con quien se casó una mañana de abril de 1938, en una afanosa ceremonia que tuvo lugar a las cuatro de la madrugada, en medio de la tiniebla invernal. Un año más tarde y cuando más él la quería, Amapola Cisneros huyó del lugar para marcharse con un guitarrista que tocaba en el grupo de un farsante cantor del bajo mundo que se hacía llamar el Melenas, en memoria del auténtico. Arturo Rendón juró que su puñal de pata de cabra no descansaría hasta ver tasajeada la rosada mejilla de su querida, como si se tratara del filete de un sábalo, pero Amapola Cisneros desapareció por completo de su alcance junto con su guitarrista, sin dejar la menor pista de su paradero. Con los meses se supo que habían huido hacia Marmato, pues a ella le fascinaba el rumor del oro.

Pasadas las semanas que parecieron suficientes después del abandono y sin saber cómo, Arturo Rendón se hundió en la pena. Hizo causa común con quienes, como él, rumiaban su desarraigo y su incerteza en las tardes del vecindario, rezongando ante la transformación moderna de los valores y de las sensibilidades, para venir a refugiarse en la agonía que brotaba del tango, como si aquella emanación rioplatense coincidiera con la secreción de su propia alma. Ya para entonces, trastornado por el influjo de aquellas letras y voces canoras, al salir de su trabajo como albañil en el edificio de la fosforería, había adquirido la costumbre de cambiar su uniforme de obrero por un vestido completo hecho de paño, sombrero de ala caída y un chaleco cruzado que se abotonaba de arriba a abajo y dentro del cual se enfundaba hasta la madrugada del día siguiente. Y había también amasado la idea según la cual las mujeres, por las que a pesar de todo todavía echaba la baba, eran sin embargo la causa de todo dolor y de toda penuria. Con la única excepción de mamá, claro, que le servía para confirmar la regla. Todas ellas motivo de pecado y de culpa y cuerpo de tentación. Lo cual, por lo demás, ya había sido suficientemente advertido por el director de orquesta en las páginas de la Biblia y en el texto misógino de las sagradas escrituras.

Apenas ahora Arturo Rendón comprendía por qué razón él venía sufriendo por causa del amor de las mujeres desde mucho antes de conocerlas y mordisquear sus carnes. En estas condiciones de evaporamiento de la confianza en la promesa, desarraigo rural y abandono urbano, el tango le estaba diciendo al oído lo que necesitaba escuchar y continuar escuchando por el resto de su vida. Y, como él, sus compañeros de barriada, que compartían su suerte, terminaron admitiendo que el tango resumía la actual confusión urbana de sus sentimientos, como hasta entonces nada en el mundo. Confusión derivada, él mismo no lo supo nunca, de la fascinación y del encanto modernos pero al mismo tiempo de una fuerte resistencia antimoderna que, sin embargo, no conducía a posturas retardatarias sino sólo a acompañar en solitario el dolor del proceso.

2

Sentado en su mesa de su apartado rincón en lo de María Bilbao, Arturo Rendón siente que ya casi no puede con sus recuerdos. Carlos Gardel, no se atrevía siquiera a imaginar en qué lamentable estado, empacado ahora para su viaje por la cordillera en una doble caja. La primera de aluminio, sellada con puntos de plomo, y la segunda hecha de fina madera tallada. Todo envuelto en una gruesa lona cubierta de cera que esplendía con el sol de la tarde ya hundido en el horizonte, la sombra negra del inmenso farallón al fondo. Y ocurrió que aquel féretro zunchado fue levantado por los cargueros del ferrocarril, conducido luego desde el fondo del vagón hasta la puerta y, desde allí, bajado en vilo en medio de músculos brillantes y pisadas falsas que se hundían en la grava, hasta ser depositado sobre un colchón natural hecho de paja seca y hojas de plátano. Luis Gómez Tirado hizo sobre su pecho una extraña señal, y Arturo Rendón todavía recordaba cuando él y Heriberto Franco se hincaron de rodillas y ahí mismo se levantaron de nuevo, como queriendo dar a entender que no sabían nada de nada y que por causa de la confusión se habían equivocado de gesto como un par de imbéciles.

—¡Traigan las mulas! —dijo Gómez Tirado.

Pero no fue necesario traer las mulas de ninguna parte puesto que ya estaban allí. Llevaban aguardando a la sombra de un tamarindo casi seis horas y se veían adormiladas, dado que desde el amanecer sus cabezas habían sido cubiertas con blancos capotes del norte.

—Aquí en esta caja más grande viene la imagen sagrada —dijo Gómez Tirado palmoteando la tapa—. Y en los veinte baúles restantes vienen ollas, guitarras, vestidos de gala, sombreros y zapatos. Así que mucho cuidado.

Arturo y Heriberto se miraron a los ojos, mientras los hombres del ferrocarril terminaban de acomodar las cajas en el suelo. El mes de diciembre había sido siempre a lo largo del cañón del Cauca un mes de escasas lluvias, y los caminos de la región habrían de estar por ese motivo medianamente transitables. Los ríos y quebradas no debían arrastrar demasiada sustancia, aunque las cordilleras no habían terminado de escurrir todavía la totalidad del invierno que corría bajo sus musgos, pues por los meses de octubre y noviembre no había escampado. En enero la travesía hubiera podido ser más expedita, pero el señor Defino había venido ya por su Gardel, y su Gardel se empezaba a llevar para su lejano Buenos Aires, sin imaginar siquiera la aventura de locos que estaba a punto de iniciar. Carlos Gardel, o lo poco que quedaba de él, viajando ahora bajo la forma de imagen sagrada, a lomo de mula por las cordilleras de Colombia.

—Vamos cargando las cosas de una vez —ordenó Gómez Tirado.

Inicialmente se había pensado en conducir la imagen con los baúles desde Pintada hasta Valparaíso en una caravana de berlinas, para enseguida tomar las mulas y empezar a trepar por los caminos del viejo Caldas, pero algunos dijeron que la carretera estaba en reparación a causa del invierno anterior y que desde hacía dos semanas siete vehículos que hacían la ruta permanecían atrapados entre el fango. Para sortear un tramo en tales condiciones las mulas ofrecían mayor seguridad, encarando la cordillera por los antiguos caminos y las posadas de comienzos de siglo. Por esta razón algunos aseguran todavía que Gardel llegó en berlina hasta Valparaíso, dan señales del vehículo, hablan del tono fúnebre de su pito y hasta recuerdan el fervor de un homenaje que nunca ocurrió. Y después de Valparaíso empezaba la travesía por la cordillera.

—Necesito un triquitraque —dijo de pronto Gómez Tirado.

Y sacó del bolsillo de la alforja que traía colgada en su hombro media botella de aguardiente y una copa de metal. Miró a todos los que le rodeaban, y mientras se servía dijo:

—Para ustedes ni una gota, pues el deber es el deber.

Arturo Rendón se quedó mirando la penumbra de la alcoba desde donde María Bilbao dirigía la orquesta. "Ya está decidido —se dijo—, mañana mismo partiré para Umbría. Y regresaré con un pedazo de su sombrero para hacerme con él un relicario." Así murmuraba sin quitarle los ojos a la sombra que arropaba el cuerpo de María Bilbao, a veces luminosa a pesar de la penumbra del aposento, cuando la nave de la puerta resultaba empujada por el viento y el chorro de luz que venía del salón se colaba hasta la mitad de la cama. Y apuró la cerveza.

Entonces volvió a ver lo que desde hacía quince años lo traía tan embromado: dormía profundo, pero aun así estaba seguro de haber observado lo suficiente como para haber quedado arrastrando por el mundo aquella especie de certeza sin pruebas. Hacía viento. Lo supo al despertar y encontrar que tenía los ojos tan cubiertos de paja y hojas secas. Dormían al descampado los tres, bajo una tupida madroñera, y las trece mulas resoplaban dentro de las pesebreras de cedro, comiendo caña y maíz en grano embadurnado con miel. Gómez Tirado roncaba bajo el cobertizo, con la barriga soplada y los ojos como dos coágulos. Lo constató cuando al despertar lo escuchó en su ahogo, enfundado dentro de su capote de monte y con sus párpados a media luz. No eran todavía las dos de la madrugada. Pasaba sonando por el follaje el cierzo frío y se oía, tan intermitente como lejano, el canto de unas aves extrañas que pertenecían a la familia de las ciguapas. De pronto cruzó algo hacia la oscuridad del otro lado. Arturo Rendón dormía pero aun así vio muy nítida la trayectoria de aquella sombra que huía de sí misma y se comportaba como si una parte de ella acabara de sustraerse del cajón donde Gardel dormía entre larvas y gases fluorescentes, los restos de una reliquia. Arturo Rendón vio con seguridad la estela que dejó en el aire el trasteo rapaz de aquella cosa. Y escuchó una vez más el canto de las aves parientes de las ciguapas, encaramadas ahora sobre la tapa del túmulo, revoloteando peor que peucos irritados encima de la sombra encorvada, que, afanosa, se dedicaba a atornillar el féretro y regresar a su lugar no sólo la lona encerada sino los zunchos que la abrazaban. "El féretro acaba de ser profanado", pensó Arturo Rendón al abrir sus ojos y quedar sentado. Momento en el cual la sombra del sueño hizo su transustanciación hacia la forma de cuerpo concreto, dejando translucir la figura de Heriberto Franco, ocupado en esconder algo oscuro dentro de su mochila. "Estaba meando en el rastrojo", explicó, sin nadie estarle preguntando nada. Y se retiró hacia su nido, encorvado sobre sí mismo, lugar donde permaneció agazapado y gimoteando de frío hasta el amanecer, absorto en el vuelo rastrero de las gallinaciegas.

—¡Oropéndola! —chilló de pronto María Bilbao—, traé acá un poco de jenjibre para componer esta puñetera juagadura de tomate que me has traído!

Arturo Rendón observó a María Bilbao, en su penumbra a medias, partida en dos tajos por causa de la franja de sombra que descendía de la noche. Y en el acto se dispuso a partir. "Mañana será otro día", se dijo. Le hizo una seña a Oropéndola, y cuando ella estuvo delante de su mesa le alargó un billete. La chica puso un pie encima del otro, hizo jarro con su brazo derecho y dijo, de medio lado:

—Hasta mañana, querido.

—No —respondió Arturo—, mañana no vendré por aquí.

—Mañana cae sábado, hombre —repuso Oropéndola—, para mí sería una ofensa.

—Me largo para Umbría, eso es todo.

—¡Oh, el hombre se marcha sin dársele nada!

—Lloraré, si eso es lo que querés.

—¡Jo Jo!

—Pero volveré, te lo juro. Las milongas de María Bilbao no se escuchan sino aquí.

—Hace mucho tiempo que no bailamos ni nos sacamos el polvo de encima —dijo Oropéndola.

—Así es —dijo Arturo.

Arturo Rendón miró a Oropéndola de arriba a abajo, como sopesándola, y a pesar de las muchas cosas que pensó de ella, sus ojos consiguieron ser cariñosos. Habían pasado ya varios años desde su recalada definitiva en lo de María Bilbao y Oropéndola era una de las chicas fundadoras, pero a estas alturas ya le había salido bigote. Por esa razón últimamente había sido destinada a atender las mesas, mientras las más jóvenes y lampiñas del repertorio se dedicaban a retozar por ahí y a interpretar la partitura con la clientela más fogosa. Pero la mesera no olvidaba su edad de oro, y toda auténtica cabra al final regresa al monte, por maltrecha que la vida la haya dejado en la pradera. Arturo Rendón subió su mirada hasta llegar de nuevo a los ojos de Oropéndola:

—Cuando vuelva de Umbría nos desquitaremos con "Cuesta abajo".

—Trato hecho —dijo ella—. Y, ¿te demorás?

—Apenas lo necesario. Estaré de regreso para la navidad.

—Si es así, entonces que te vaya bien. Y me perdonás, porque voy a llevarle este jenjibre a la patrona.

Oropéndola sacó del bolsillo un frasco de cristal y lo sacudió en el aire. Dio su espalda y, volteando medio cuerpo, se despidió con la mano ofreciendo un beso hacia las sombras.

Arturo Rendón caminó hasta la puerta, lentamente, como si se estuviera despidiendo de aquel lugar para toda la vida. No podía desterrar de su cabeza la imagen de Heriberto Franco. "Estaba meando en el rastrojo", fue lo único que se le había ocurrido decir al sentirse sorprendido. Meando y profanando, cómo no, pensó él mientras sentía que a sus espaldas crujían las bisagras y los resortes de la puerta. Bajó los dos escalones y empezó a caminar por la vereda izquierda las dos cuadras que lo separaban de su cuartucho en la vecindad de "La Alborada", rumbo hacia la plaza del mercado. Pasó por la farmacia, en cuyo interior se adivinaba todavía la transparencia de una débil luz. Enseguida observó su propio reflejo en el vidrio del salón de belleza. Todo allí hundido en el silencio de la noche. Y desde la esquina se puso a mirar cómo la calle se desvanecía ante sus ojos, a través de casas borrosas y gruesas tajadas de niebla. "La ciudad me asusta", se dijo. Y pensó en los carros fantasmas. Hacía casi dos años que desde esos carros, siempre negros y desprovistos de toda identificación, los "pájaros" oficiales tiroteaban al que fuera y por lo que fuera. "A los liberales", se corrigió. Y continuó andando, mirando para todas partes. "No me vendría mal un balazo", murmuró. Pero aun así, bajo el peso de esta modalidad de pensamientos, Arturo Rendón continuó adelante tratando de pasar inadvertido. "Heriberto no puede negarse a pasarme lo que me pertenece por haberlo visto y varias cosas más", pensó. "Y que no se me vaya a hacer el loco porque no respondo." Y pasó por delante de la tipografía, en tinieblas, y se quedó mirando por unos segundos aquellas máquinas negras, dormidas tras las rejas. Una sirena silbó a lo lejos. "Debo apresurarme", pensó. Y apretó el paso.

Por la bocacalle de enfrente, a menos de veinte metros, vio pasar un automóvil. Un gran pájaro negro con otros pajarracos adentro. Luego escuchó siete disparos en serie. Enseguida un silencio de menos de un minuto, hombres corriendo, luego un agudo quejido y otros

17

hombres terminando de correr, tal vez los mismos, y de nuevo dos disparos de remate y después nada más. De lejos llegó, para poblar el nuevo silencio que vino a formarse, la letra de un tango: "Alma, que en pena vas errando, acércate a su puerta..." La música venía del "Bettinotti", a menos de diez metros, donde a pesar de la muerte que rondaba nadie dormía. Arturo Rendón llegó a la esquina y desde allí vio los cuerpos de dos hombres tirados sobre la vereda derecha, todavía frescos. Y corrió.

"Las cosas por Umbría no deben andar mucho mejor", fue lo único que pudo decirse a sí mismo, respirando entrecortado, al sentarse en el borde de su lecho mientras bebía un poco de agua. "Hablan de genocidios y masacres", se dijo, ya sin zapatos. Y se quedó mirando la maleta abierta encima de la mesa. Todo a medias adentro, todo a medias afuera, todo queriéndose salir. Los calcetines colgando en el borde, las tres camisas con sus cuellos y sus puños asomando por el otro costado, los pantalones con sus bolsillos volteados. Un frasco de colonia a medio cerrar, inclinado encima de una toalla deshilachada y en flecos. Sentado en su lecho, Arturo Rendón se quedó mirando aquel espectáculo, y no se lo creyó. Y pensó, por segunda vez en su vida, en la necesidad de una mujer. "Un tropezón cualquiera da en la vida, y el corazón aprende así a vivir", se dijo para consolarse, haciendo suya la letra de Bayón Herrera. Y así, vestido, se recostó de espaldas hasta quedarse dormido. Lo desenterraré en Umbría, empezó a murmurar. Y si no está en Umbría lo buscaré por Palestina, Salamina y Jericó, hasta encontrarlo. Del "Bettinotti" llegaba fluida la lejana letra de Abrojito: "Llevo, como abrojito prendido, dentro del corazón una pena, porque te fuiste, ingrata, del nido, y a mi vida tan serena condenaste así al dolor". Corría diciembre de mil novecientos cincuenta, y para caminar por las veredas había que hacerlo sobre coágulos y grumos de sangre, como hasta hoy.

3

Arturo Rendón tiró por fin de las correas y cerró su maleta. Dio un palmotazo sobre los fuelles y echó un vistazo hacia la calle a través de la ventana, como solía hacerlo antes de partir hacia el trabajo. Corrió la cortina de crespón rosado y fue a observarse por última vez en el espejo. Entonces, ante sí mismo, se dedicó a arreglar el nudo de su corbata mientras lanzaba al aire el murmullo de "Clavel del aire". Allí pudo verse a plenitud con su sombrero de ala caída, con su vestido completo de paño oscuro a rayas grises y su chaleco abotonado y ceñido al pecho. "Fiera venganza la del tiempo, que le hace ver deshecho lo que uno amó", tarareó enseguida, soplando un poco de su propio vaho en la media luna de sus uñas, que en el acto brilló frotándolas contra la solapa. Y aspiró hondo el aire que subía de su ropa, pues quería sentir la evaporación de la colonia que había derramado encima de sus hombreras.

—Pues bien —dijo muy solemne ante el espejo—, ha llegado por fin la hora anhelada y el suscrito debe partir cuanto antes.

Permaneció un buen rato contemplándose en la profundidad de su propia imagen, y al constatar que todas las cosas se encontraban en su punto, agregó:

—Mucha suerte se le desea al suscrito en su aventura.

Y al pronunciar estas palabras se apartó de la fascinación que sobre sí mismo ejercía aquella superficie de cristal. ¡Cómo le costaba separarse de ese artificio! Era como si necesitara que su espejo le hablara constantemente y le dijera: vos sos la hermosura que estoy viendo, vos sos realmente lo que importa y estás ahí ante tu presencia, qué duda queda. Hombre, no hay más que hablar, la prueba es que estás ahí. Cosas así eran las que él buscaba que le dijeran a diario. Y como nadie se las decía debía arrancárselas a su modesto espejo manchado por la humedad, mordisqueado por los hongos y desgastado por la visita de incontables imágenes que habían pasado ya por ahí a lo largo del tiempo, pero que ya no estaban.

Vagaba pues ahora solo por el mundo. Desposeído de una voz humana que le pareciera confiable y que viniera a nombrarlo tanto en las mañanas como en las noches. Y, tal como marchaban sus cosas, nada habría de modificarse para él en los próximos años. Su comercio con las mujeres en los bares y en los prostíbulos, donde invertía lo más jugoso de su sueldo, no hacía sino abrirle más y más la cicatriz. Pero, en lugar de entristecerlo, aquello lo complacía. Después de quince años de haber vivido la experiencia del abandono, su herida se veía ahora francamente esplendorosa. Le cubría en realidad todo el pecho, le bajaba hasta el vientre y daba la vuelta hasta llenar de sombra la mitad de su espalda. En tales condiciones, lo único digno de confianza era su espejo, que cargaba consigo para todas partes. Sin olvidar las letras de los tangos, que obraban para él como espejos donde podía ir a mirar lo más espeso de su destino.

Y saltó a la calle sin más dilaciones, después de bajar las escaleras brincando los peldaños de dos en dos. Como en otras ocasiones en que debió partir sabiendo que habría de permanecer ausente durante varios días, había estado dudando en traer o no consigo su empañado espejo. Pero su duda se disipó ante la certeza de su pronto retorno, con toda seguridad antes de la navidad. Provisto ya de sus reliquias, con un trozo de las cuales pensaba hacerse un escapulario, tal vez un relicario y con lo que sobrara un santuario, la imagen de Gardel entronizada al fondo. Ya había visto en otros pueblos cercanos esta clase de ermitas, pero ninguna de ellas fundada en lo que él pensaba establecer la suya. Y continuó con su camino. Toda la luz de la mañana golpeando su frente, como la cola de un rubio caballo. Nunca la luz había sido tanta ni tan poderosa la alegría ni tan abundante el frenesí de vivir. "Voy sólo a lo que voy", pensó mientras avanzaba con paso firme hacia la plaza del mercado, de donde partían las berlinas que viajaban hacia Pintada. Y vio de nuevo a Gardel, su imagen descansando en el fondo del túmulo. A él mismo le había correspondido cargar el féretro y sabía cuánto pesaba. Había oído golpear el cuerpo quemado contra las paredes del cajón, cuando las mulas trepaban hacia Valparaíso. Al bajar y al subir ese cajón a la barbacoa el asunto sonaba, y con cada golpe él sentía que el mundo se le iba.

—Un pedazo de Gardel estará muy pronto conmigo —se dijo.

Y en el acto miró la maleta, que llevaba en su mano derecha, y prosiguió. Ahora su frente iba brillante, abombada y húmeda, como una botella de cerveza.

Pasó la esquina, tomó la vereda de sombra y desde allí vio un tumulto. En el "Bettinotti", como todas las noches, se había cumplido ya la cuota diaria del sacrificio. Habían acuchillado al amanecer, según lo que él mismo estaba viendo, a un desconocido. Ya la policía montada había venido por el cuerpo y se había pavoneado sin hacer mucho y había estado fumando para espantar el sueño junto con el hedor. Y había pisoteado y estropeado las huellas de los criminales y después de malograrlo todo con sus botas y sus espuelas había por fin desaparecido. Pero la gente seguía mirando la charca de sangre, ensimismada y presa de una rara fascinación. Gallinas cacareaban, enfundadas como tabacos en hojas de palma. Mulas y asnos iban y venían. También bueyes. El piso hervía de un mantillo pegajoso y orgáni-

21

co, de la misma naturaleza de la podredumbre del mundo que con tanto ahínco se empeña en alimentar la vida. Y la sangre todavía ahí presente, sobre aquel piso condecorado de chancros y descamaciones. A pesar de lo cual la luz continuaba bajando del cielo, a chorros, los pájaros en su alegría entre las ramas de la mañana, las hojas y las floraciones. Medellín estaba despierto desde antes de la madrugada, y hacia las ocho de la mañana ya todo era demasiado tarde. Niños correteaban por ahí, familiarizándose desde muy temprano con la sangre, como si la muerte no fuera nada del otro mundo y ellos debieran vivir acariciados siempre por las espinas de su frondosa cabellera. Niños mamando de su tetero al lado de las charcas, tomando leche adornada con sangre ante el espectáculo que ahí mismo se veía nacer en el piso, ese histórico calostro bermejo nacional. Y pasó el hombre con su maleta, muy ufano, pasó de afán pero campante ante la puerta del "Bettinotti", pasó mirando el suelo hirviente para no ser reconocido por nadie y con habilidad de veterano se escabulló mediante un cierto trotecito de burro por la vereda de sombra. Y desde allí escuchó, como un efluvio, aquella emanación espesa de la música que sin cesar bullía en el bar amanecido, donde grupos de hombres aún doblaban sus cabezas despeinadas encima de las botellas vacías y secas, dormidos sobre las mesas: "Mi noche es tu noche, mi llanto tu llanto, mi infierno tu infierno. Nos tuerce en sus nudos el mismo quebranto profundo y eterno. Es cierto que un día, tu boca, la falsa, de mí se reía; pero hoy otra risa más cruel y más fría se ríe de ti. Se ríe la vida, que cobra a la larga las malas andanzas...", decía la letra de aquel tango. A pesar de todo lo cual Arturo Rendón consiguió pasar de largo sin ser advertido por nadie, y entrar presuroso al gran patio de tierra donde estacionaban las berlinas que rodaban hacia Pintada, entre despeñaderos y nubes.

4

El carricoche avanza haciendo trepidar sus latas por el carreteable, y su carrocería brilla con el sol del mediodía como un fósforo, en medio del polvo que levantan las llantas en recuerdo de la vieja estampida de los caballos y los búfalos en las estepas. Arturo Rendón cabecea contra el vidrio entreabierto de su ventanilla, su cabellera y sus pestañas ahora del color del almagre por causa de la tierra espolvoreada en el aire. "Voy por lo que voy y sólo a lo que voy", soñaba él en su duermevela. "Si he quedado abandonado en el mundo, si acaso mi destino fue el de la orfandad, pues que así sea. Asumo este dictado y pago el precio de mi culpa", seguía soñando. El vaivén de la berlina lo mantenía aletargado y no lo dejaba siquiera abrir sus ojos. Pero no por eso apagaba la luz de las imágenes que recorrían su entresueño ni dejaba de musitarse cosas extrañas al oído, hablando intensamente consigo mismo ante la sensible ausencia de su espejo, universo interior que debía al tango.

Desde niño había visto en los retablos de las iglesias el rostro de los mártires y había leído y aprendido, tal como debía ser, los textos completos del sufrimiento. Había presenciado el dolor de los justos mártires, expiando con sus laceraciones sus pecados por anticipado y lavado con su sangre cualquier cantidad de culpas ajenas. Había observado hasta el trastorno aquellas iconografías que ahora llevaba por dentro como una condena, de las cuales era peregrino y cuyo dictado le resultaba un imperativo. Y ante el espectáculo de aquella sangre vertida y pendiente de reparación había sentido la fascinación de quedar convertido para siempre en su copia. Así cabeceaba Arturo Rendón rumbo a Pintada, sueños de duermevela que estaban construidos con la misma materia de su actual desesperanza, desarraigado como andaba y expulsado de los lugares primarios donde había ocurrido en pleno la fundación de su infancia. Quizás por esto mismo el tango y él habían quedado convertidos en la misma cosa. Especie de quejumbre interior, tan ambigua como ambivalente ante la fiereza del progreso del mundo, suerte de dispositivo antimoderno que él asumía en todo su dolor, de pie, verticalmente y como todo un hombre, sin plantearse ningún tipo de retorno a un supuesto pasado mejor pues para tal empeño se requería del principio de la esperanza, y eso era precisamente lo que en él había quedado por completo arruinado. "La melancolía —volvió a soñar en su modorra—, eso en lo que quedé convertido sin apenas darme cuenta, cagado en los calzones y con el corazón atrofiado." Acto seguido abrió un ojo, que expuesto a la luz se vio casi blanco, y por la grieta de sus labios asomó la punta de su lengua. Y poco a poco se fue alejando de la vigilia y hundiéndose en el sueño, como ocurre con la polvareda cuando se distancia de las ruedas de la carreta hasta quedar esparcida en el aire.

Entonces repasó de nuevo aquello que tanto había visto y vuelto a ver durante estos últimos quince años.

Heriberto Franco y él se habían dedicado a sujetar los maderos de la barbacoa a los lomos de los dos animales elegidos, dejando entre uno y otro la distancia suficiente como para acomodar en el centro el féretro, lo más cómodamente. Adelante debía marchar Bolívar, un mulo diestro en abismos y en encarar sombras impenetrables, que se conocía de memoria el camino y que era zaino, de buena alzada y de seguro paso. Y en la parte de atrás de la barbacoa debía marchar Alondra Manuela, una mula nunca suficientemente bien amansada pero sin resabios y de una fuerza descomunal, joven y medio loca aunque noble, dócil y relativamente bien mandada. Los restantes veinte baúles con la utilería habrían de transmontar sobre los lomos de otros diez animales experimentados que se conocían de memoria el camino, y que una vez sueltos y sacudidos de sus ojos los capotes de monte no era sino ponerse a silbar y dejarlos andar por la cordillera, a discreción. Dos cofres por cada animal, y encima algunas ollas, las alforjas con las provisiones, un par de cazuelas y varias mochilas. Y en la mula número trece iría Luis Gómez Tirado, el empresario, cabalgando un animal de mediana edad y de su entera confianza, que le sabía lidiar sus borracheras y cuyos orines olían a perfume francés malogrado siempre sobre prados, rocas, hojas y montículos de hierba.

Fue así como al rato Arturo Rendón se vio de pronto en medio de la imagen en movimiento que traía la caravana, hacia el atardecer del primer día. Bolívar iba adelante, trepando las rocas cercanas a Valparaíso a través de un sendero de tierra y piedras, por lo que el cofre con la imagen de Gardel se balanceaba encima de la barbacoa. A un lado resplandecía el abismo que daba al cañón del Cauca y al otro la peña color negro, y avanzaban bajo frondas de madroños, guácimos, guayacanes florecidos, guáymaros, caracolíes, búcaros y gualandayes. Por el camino vieron perderse bajo los vientres de las mulas los rastros de algunos bueyes de carga y de innumerables venados, la mayoría de ellos muy recientes, y las piedras que vieron al pasar una quebrada de aguas azules estaban todavía húmedas a causa del pisoteo de sus pezuñas. Oyeron en la espesura el canto de las pavas y de las guacharacas, y vieron saetear imágenes de tucanes y carpinteros de cabellera roja, que luego de hacer trazos en el aire caían en picada y se detenían verticales en los troncos de los árboles secos a devorar hormigas y hacer sonar el hueso de su pico contra las cortezas. A trechos el polvo que los cascos levantaban los envolvía, como una sombra, pero ellos iban siempre varios metros adelante de ese polvo y ni siquiera lo veían. Siempre Bolívar en punta, y en la parte de atrás de la barbacoa Alondra Manuela, empujando y echando ventosidades. Y vieron nubes que salían del monte, como crestas, y en la lejanía divisaron cerros de piedra escueta que parecían meteoros y farallones cortados por grandes cuchillos alrededor de los cuales revoloteaban los gavilanes.

Más adelante pasaron a la vista de una ciénaga de mediano tamaño, que hacía las veces de un espejo verde capaz de reflejar el perfil de las montañas y el negro color de los árboles, y Gómez Tirado descendió de su cabalgadura y caminó hasta la orilla para echarse puños de agua en su cara, mientras las mulas de la caravana bajaban su cabeza para abrevar acezantes y luego ponerse a mordisquear en silencio la hierba pantanosa.

Heriberto Franco se había sentado entre tanto encima de un tronco y jugaba fileteando con su cuchillo los hongos que crecían en la humedad de la corteza, pero Arturo Rendón había preferido recostarse bajo un nogal para mirar ensimismado el goteo de las mulas, que caía al piso de tierra cubierto de helechos y hojas secas. Reanudaron la marcha y treparon enseguida, ellos mismos llevando hilos de hierba en los labios y a ratos masticando pequeñas astillas, hasta que el camino se fue volviendo inmisericorde y pedregoso bajo las botas. Pero al rato la tierra se hizo fresca y las piedras se tornaron azules. Bajaron luego hacia sombras más poderosas y oscuras y de repente escucharon a lo lejos el ladrido de unos perros. Y vieron humo en la distancia y por su forma adivinaron la silueta de una casa lejana todavía invisible.

Pasaron más tarde por el lado de grandes caídas de agua, que se precipitaban en moños de gasa desde cumbres hechas de roca casi negra, y vieron gallinaciegas tempranas ensayando su vuelo rastrero entre nidos de macanas y carrillos jugosos. Ahora el camino se presentaba casi rojo y se metía serpenteando por una ladera estrecha, cubierta por arriba por un tupido techo de nogales, de cuyos encascarados troncos y ramas colgaban granadillas silvestres. Miraron hacia el piso color ocre y vieron cómo de la tierra cubierta de hojas descompuestas brotaban los frutos que antes habían caído de lo alto, movidos por poderosos gusanos amarillos de pellejo cubierto de lana y que habían venido a alimentarse del despilfarro de aquella miel. Pasaron pisoteando los gusanos y entre el follaje escucharon el alboroto causado por una manada de chorolas que habían estado picoteando la pulpa pero que también habían escuchado desde la lejanía el franco pisoteo de las mulas. Y vieron en el lodo los arañazos de los armadillos y los promontorios de tierra amarilla de sus cuevas, que parecían madrigueras de tambochas. Sentían sobre sus sombreros el siseo de los bejucales, y observaron cómo ante su presencia el camino se hacía todavía más empinado y se cubría de hojas quemadas que se rompían bajo las botas y los cascos de las mulas, como en un sordo escarceo de fósforos. El tiempo transcurría, la noche se precipitaba y el cielo era una caja oscura habitada por el viento y los animales que pasaban alumbrando con sus incendiadas colas. Había enjambres de luciérnagas y cocuyos. El piso parecía ahora hecho de rocas de pizarra y los cascos de los animales sonaban como avanzando sobre láminas de metal en las que golpearan otros metales, y muy pronto el ladrido de los perros se fue haciendo cada vez más lejano hasta desaparecer por completo en la espesura. Ninguno de los tres expedicionarios tenía aliento para hablar, mucho menos para cantar o silbar. No se atrevían. Y no precisamente porque Gómez Tirado hubiera asegurado que lo que traía en el féretro era la imagen de Cristo Redentor, sino porque desde Pintada y desde el día anterior todo el mundo tenía conocimiento de que en aquella caja mortuoria lo que en realidad venía era el cadáver de Carlos Gardel, exhumado el día anterior por Horacio Urquijo, mayordomo del cementerio de San Pedro, y sepultado seis meses atrás por José Londoño y por Francisco Echavarría, quien había ayudado con su palustre a echar las mezclas en las ranuras de la lápida.

Habían encarado entonces el camino en absoluto silencio, fumando sus chicotes y con absoluta cara de funeral. Olfatearon en la ruta hileras de boñigas dejadas por los bueyes que los habían precedido, llevando el cuerpo de otros transportes y encargos, olieron almizcles de zarigüeyas asustadas y escucharon a lo lejos el relincho de caravanas de otros caballos que parecían perdidos en la oscuridad.

—Aún falta la parte más escarpada —murmuró Gómez Tirado.

—Si seguimos a este paso jamás vamos a llegar —respondió Heriberto Franco.

—Faltan tres vueltas y el "paso del escorpión" —dijo Arturo Rendón.

—Detengámonos aquí, muchachos, pues tenemos que apretar otra vez las cinchas de las cabalgaduras antes de trepar al picacho —ordenó Gómez Tirado.

—Y los nudos y los bozales de la barbacoa, que ya vienen flojos —completó Heriberto Franco.

—Vamos a apretarlo todo de nuevo, como si apenas fuéramos a empezar a cabalgar.

Se detuvieron, pero nadie quiso acercarse a la barbacoa. Gómez Tirado bajó de su silla, pero antes de empezar a caminar subió otra vez sus botas al estribo y por turnos se ocupó de amarrarse los cordones. Y desde allí escuchó el resoplido de los animales. Luego, recostado en su cabalgadura y con ambos brazos doblados encima de la montura, se quedó largo rato mirando hacia el abismo, que era negro y de cuyas entrañas salía un viento que olía a tierra de pantano y era helado.

—Está fresca la noche —dijo—, muévanse, muchachos.

Pero él mismo no se movió de su sitio, sino que más bien se dobló aún más sobre su silla, tal como lo insinuaba su sombra y el corte de su silueta contra el filo de la noche, y acto seguido encendió otro chicote y se puso a escuchar el lejano chillido de los monos y de las martejas. Heriberto y Arturo caminaron haciendo sonar la hojarasca hasta donde se encontraban las mulas y revisaron con paciencia los rejos y ajustaron las cinchas, apuntalándose con sus rodillas contra los vientres y costillares de los animales. Pasaron revista a los petrales y las retrancas de las enjalmas donde iban los baúles y enseguida subieron hasta donde se encontraba la barbacoa con la imagen. A cada rato Bolívar y Alondra Manuela cambiaban de pata para sostener el peso del féretro, y en cada cambio de posición el asunto de adentro sonaba contra las paredes con un golpe seco y fofo que a Arturo Rendón le deshojaba el pecho, pero que a Heriberto Franco ni siquiera parecía importarle.

—A mí no me da miedo de nada —decía Heriberto a cada rato—. He deshuesado sombras a puro puñal y me he enfrentado con el vacío que tira piedras al paso de los humanos por estas oscuridades.

Al escuchar este modo de hablar, Arturo se quedó mirando fijamente los ojos de su amigo:

—¿Acaso oíste cantar a Gardel alguna vez en la vida? —le preguntó.

—Que cantara o no cantara, ésa es cuestión que aquí no viene al caso —respondió Heriberto—. El otro día lo oí, y me gustó. Pero ahora lo que tengo por delante es sólo un cajón zunchado que debo poner en Riosucio en el término de la distancia.

Arturo Rendón bajó los ojos:

—¡Pero si es Gardel! —dijo.

—Que sea lo que sea, yo sólo me limito a cumplir con mi encargo.

—Pero es que está sufriendo con tanto golpe.

—Si en realidad es Gardel, de todos modos ya está muerto. Va para Buenos Aires, según dicen, y estamos en la ruta, qué le vamos a hacer, ése es el precio.

Luego de lo cual ambos callaron y se dedicaron a terminar de ajustar las cinchas de las angarillas y los rejos que fijaban el féretro a los maderos de la barbacoa. Al rato el grupo empezó a trepar la cuesta que conducía a un picacho donde la niebla hacía caprichos contra las piedras y el perfume de los helechos se incrustaba en la sangre.

5

La berlina con el cuerpo de Arturo Rendón terminó de dar la última curva de la carretera, entre los matarratones secos y las acacias tan amarillas como rojas que había sembradas a lo largo de las alambradas, pero al meterse en un bache dio un salto que hizo crujir la carrocería de un modo tal que despertó a todos. Allá abajo, al atardecer, se veía por fin el rancherío del puerto de Pintada. Habían transcurrido quince años y Arturo Rendón retornaba al punto de partida. Pero, aunque así volviera, ya no era el mismo de aquellos tiempos. Las letras de los tangos se habían apoderado de su espíritu, como una carne magra que imponía su dictado y que lo hacía sentirse colonizado por algo que lo había ocupado desde lejos sin apenas darse cuenta. Y todo esto a partir de ciertas coincidencias en el desarraigo migratorio y el peso de la culpa, el despojo por la urbanización acelerada y el despliegue defensivo de ambiguos y contradictorios sentimientos antimodernos. Por lo que la voz de Gardel y del resto de la pléyade canora del Sur se le hacía presente a su pensamiento, de la mañana a la noche, como un espejo donde él podía irse a mirar y de tanto mirarse sentía que se sumergía y al sumergirse se encontraba.

Rato después la berlina estacionó junto al cauce del Cauca, bajo un cobertizo. Se abrieron las puertas delanteras y un hombre que apenas conseguía abrir sus ojos bajo la espesa mascarilla de polvo empezó a poner las maletas y los bultos en el piso. O estaba borracho o se sentía mareado a causa de las vueltas del camino, pues hipaba a cada rato y se tambaleaba con sólo dejarse tocar por el viento.

Arturo Rendón empezó a caminar sobre el afirmado de piedra del sendero que conducía a la pensión donde pensaba pasar la noche, haciendo rodar al suelo el polvo que llevaba adherido a las solapas y en la cumbre de sus hombreras. A cada rato palmoteaba en los fuelles de su maleta, que ahora parecía hecha de tierra color ocre y viejos pedazos de vaca seca. Y mientras caminaba miró fijamente hacia las aguas serenas del Cauca, a su izquierda, despaciosas y negras, hasta que vio en el centro del río varios envoltorios flotantes encima de los cuales navegaban, hieráticas, innumerables aves de rapiña que ya se habían saciado pero que permanecían allí adormiladas, con sus picos entreabiertos y orientados hacia el cielo. Inicialmente pensó que los envoltorios contenían restos de caballos o vísceras de animales muertos entre empalizadas y bejuqueras, pero de inmediato tuvo un presentimiento siniestro. Sabía que los ríos eran ahora el lugar sagrado donde los asesinos arrojaban sus víctimas, ideal manera de modificar para siempre el significado de aquellas aguas, de hacer beber a todos a ciegas la sangre de sus propias fechorías y de esparcir la noticia de sus hazañas por todo el territorio nacional. Por cada población donde los ríos pasaban iluminados ahora por el brillo de los cadáveres flotantes, las hojas de las puertas y de las ventanas se cerraban y los rostros de los niños se iban para siempre cubriendo de sombras a partir del momento en que se doblaban en las orillas a jugar con las cabelleras desprendidas de los cuerpos, que ellos enredaban en la punta de pequeños palos y astillas de guadua. Y los asesinos supieron desde muy temprano que ésta era una buena forma de lavarse las manos y de dejar constancia pública de sus rabias, patologías y extraños placeres.

Perplejo, Arturo Rendón se quedó mirando aquellos esponjosos envoltorios, y al rato comprendió que estuvieron en aparente movimiento aunque detenidos en un mismo sitio por causa de un poderoso remolino. "Hace días que deben haber quedado atrapados ahí", pensó. Miró a los lados y comprobó que ya nadie en el poblado se dejaba envilecer por la presencia de aquello. Nadie parecía preocupado por lo que él estaba observando a lo lejos ni se sentía concernido por su siniestro resplandor. "Hemos quedado convertidos en unos cínicos —se dijo—, pero ésa es la única manera de resistir."

Aquellos envoltorios con seguridad habían llegado al sitio donde ahora daban vueltas en medio de un gran alboroto de la gente, pero ya se habían exhibido lo suficiente y todos habían tomado atenta nota acerca de su presencia. Había llegado entonces la hora de olvidarse de todo y de volver a lo de siempre, pues la existencia continuaba con su rumbo y la vida cotidiana tenía sus propias urgencias. El remolino se encargaría de producir lentamente su propio olvido y en cualquier momento, uno tras otro y en el silencio anónimo, los cadáveres habrían de romper el encanto de girar sobre sí mismos para proseguir su viaje rumbo al mar, no sin antes pasar escandalizando por otras poblaciones para dejar constancia de las hazañas de que eran capaces los encolerizados fanáticos de Laureano el Azul, que recorrían las cordilleras con sus camándulas colgando del cuello, azuzados desde los púlpitos por los discípulos de Monseñor Builes, el carnicero señalador. "Nadie ha ido por ellos —dijo Arturo Rendón—, pero el río se encargará de lo que los hombres no se atreven."

Al rato, Arturo Rendón ya estaba tirado sobre el camastro. Se había despojado de sus botas y no hacía sino pensar en ir a darse un baño, perturbado como se encontraba por el efecto de las últimas visiones. Ya había ido a consultar con el espejo que colgaba sobre la mesa donde fulgía una jofaina esmaltada adornada con figuras de colibríes y que ofrecía la forma de una joya antigua, y había comprobado que a pesar de todo aún seguía siendo casi el mismo de ayer, muy parecido al que había estado sentado en lo de María Bilbao tomándose unas cervezas hacía apenas unas cuantas horas. La única diferencia era que ahora tenía la cabeza roja, arruinada por el polvo que le había dejado el viaje, y que había sumado a su ya muy atormentada vida la imagen de aquellos envoltorios atrapados en el remolino, sobre cuyos restos flotantes posaban sus patas aquellas poderosas aves negras. "El resto del camino hacia Umbría no va a ser del todo fácil", pensó, recostado en la almohada. "Pero no tengo alternativa y voy a lo que voy."

Y pensando de esta manera permaneció en silencio, escuchando con atención los ruidos que brotaban de su propio cuerpo, como de una fuente interna. A todo lo cual se sumaban los crujidos de su ropa, afligida ahora por el peso de su carne y de sus huesos contra el camastro. Y fue apenas entonces cuando empezó a escuchar lo que debió haber escuchado desde el principio, una vez que puso la punta de su pie sobre el polvo de Pintada y vio en la distancia el río y en las alturas un cielo oscuro, como de plomo. Y descubrió que el poblado no era en realidad un caserío de mierda, como parecía, sino más bien un gran estruendo melancólico que sobrevolaba la maltrecha techumbre de latas y pedazos de paja seca de las pocas casas, todo lo cual el viento batía. Pintada vivía la presuntuosa idea de ser un puerto sobre el Cauca, puesto que río sí había, húmedo y ancho, aunque puerto no se veía por parte alguna, salvo aquella miserable ranchería, y todo lo demás había que pedírselo a la imaginación. Un estruendo de mierda y nada más, pensó. Pero ocurrió que, viéndolo bien, de todos modos se trataba de un estruendo consagrado a su Gardel. Pues ahora mismo, sobre el aire cálido y encima de los techos despeinados por el viento que soplaba a lo largo del cañón del río, por donde hacía quince años se había internado llevando el féretro con la imagen encima de una barbacoa, Arturo Rendón oía la voz canora de Carlitos Gardel. El estruendo no venía de lejos sino del mismo corazón de la pensión donde se encontraba hospedado, que en las noches hacía de prostíbulo y durante el día de restaurante para viajeros y de fonda para hombres que bajaban de la cordillera con tiras de niebla y hojas de helecho adheridas todavía a sus cejas y a sus ropas. Gardel cantaba ahora mismo: "caminito que el tiempo ha borrado, que juntos un día nos viste pasar, he venido por última vez, he venido a contarte mi mal". Esto era lo que escuchaba Arturo Rendón desde su lecho, como si fuera un asunto relacionado con su propia historia. Esto oía ensimismado, ya sentado, como quedó de pronto en el borde de su camastro. "Este cantor es un mago", se dijo. Y en el acto tuvo una nítida representación de sus reliquias, aquello capaz de hacerlo emprender el camino de Umbría. Tan sólo una tira de su sombrero o una hilacha de su bufanda, pensó. No pedía más. Y fue entonces cuando vio al Gardel de sus relatos en épocas en que era todavía el francesito del Abasto, vestido con un delantal gris a cuadros. Un niño siempre bien planchado, bien lavado y bien puesto que habría de crecer sin embargo en medio de la sabiduría de la calle y la sensibilidad del arrabal. Y vio el paisaje de los galpones hechos de chapa, los terrenos aún baldíos con sus cercas de tuna, escuchó el sonido esponjoso de las curtiembres y olfateó su agrio olor de podredumbre, y pudo oír de lejos el grito de los expendedores de verduras y legumbres descolgados un día de los buques que venían de España, Italia y Francia. Vio el delantal ensangrentado de los matarifes y carniceros, parloteando en las puertas de sus tiendas y posando como para una eterna fotografía al lado de la carne colgada en los llares, criollos emigrantes del interior, y escuchó a la vuelta de la esquina el dulce sonido de los organillos, en ese pequeño país del Abasto que Orgambide pintó. Y lo vio descender a Gardel desde los barcos venidos de Europa, todavía en brazos de mamá como

35

algunos decían, aunque también lo vio llegar en una carreta venida del Valle Edén, por los senderos de Tacuarembó, como lo vio Fernando Butazzoni la noche en que Gardel lloró en su alcoba. Gardel huérfano desde antes de ser pensado siquiera, heredero de una melancolía sustancial de barco fondeado en el infinito que él, Arturo Rendón, sentía ahora como algo que le hundía la cabeza bajo el peso de la techumbre y que venía a consolarle el alma, como una extraña alondra. Una alondra que, dígase lo que se diga, se le cagaba muy cumplidamente en el pelo cada día que amanecía, pero que él se había atrevido a alimentar en la palma de su propia mano, como lo único que la vida le había dado después de la fuga de Amapola Cisneros con su guitarrista, ese malparido presumido de la comparsa de el Melenas que cuando se movía en el asiento soltaba un perfume de mortecina capaz de abrir por sí mismo los picaportes.

Entonces sintió unos deseos inmensos de correr a la ventana, como si algo lo llamara desde el centro del río, y pudo ver cuando los envoltorios comenzaban a soltarse del remolino para perderse en la distancia, rumbo al mar, fieles al cauce de la corriente.

6

El calor lo sacó del camastro, a empellones, hasta dejarlo plantado en la puerta, no sin antes permitirle dar una vuelta por el espejo, donde él quería dejar siempre lo mejor de sus ojos. Hasta que decidió ir por una cerveza, aunque solo fuera por tomar un poco de viento del que subía aullando por el cañón del río y se juntaba con el escándalo de la voz cantante, que aturdía el alma. El agua de la ducha sufrida había sido insuficiente para enfriar su cuerpo y se había comportado llena de límites a la hora de tener que despojarlo del polvo que enrojecía su pelo, ahora pegajoso. Al atravesar la puerta se hizo a un horizonte distinto. La oscuridad del cielo no le impedía ver una que otra estrella perdida entre los nubarrones, mucho menos intuir entre la bruma la naturaleza podrida. El tono del firmamento sin querer era negro, pero de la oscuridad conseguía brotar una sustancia sepia que bajaba y tocaba el suelo. Ahí, ante sus ojos, estaba la mole del farallón, cuyo contorno siniestro apenas conseguía adivinar, a veces redondeado, otras veces empenachado y agudo, haciendo aullar la corriente de viento contra sus aristas.

—El cielo se ha roto, ya no puede con la pesadumbre de tanta sangre —se dijo.

Y dio la vuelta. Caminó sólo unos metros, penetró por un pasadizo y de pronto se encontró en el centro de un salón cargado de mesas y cubierto con una maltrecha techumbre de hojas de cinc. "Me gusta, me agrada el perfume de este salón", pensó. Siendo sábado, desde muy temprano las mesas ya estaban ocupadas por hombres de altos sombreros que habían dejado sus cabalgaduras amarradas en la tranquera y que cuando se tambaleaban hacia el sanitario barrían el piso con sus zamarras. "He venido a lo que he venido, no hay problema", se dijo, mirando aquellos rostros, que eran como de leña rajada. Entonces tomó asiento en un rincón, dándole la espalda sólo a la pared, como le habían enseñado desde niño. Al frente tenía ahora el negro esplendor del río, a sólo unos metros, brillando para él mediante esa suerte de espejo que se formaba al observar el agua en forma tan rasante. Y miró el horizonte, como si quisiera develar el sentido de aquella oscuridad que por momentos se bañaba en sepia, pero la visita de una copera a su mesa lo sacó del embrujo.

—Una cerveza helada —dijo él, todavía ausente, queriendo divagar.

Ella no dijo nada y se marchó de lo más indiferente, aunque de todos modos agitando su cola, desparramando de pronto todo el follaje de su pelo en la carne de sus hombros y bajo el fingimiento de no haber quedado para nada concernida por aquella figura de sombrero negro de ala caída, vestido completo de paño oscuro y chaleco abotonado. Arturo Rendón empezó a mirar hacia las mesas vecinas, y observó en los ojos de los hombres una especie de rara pesadumbre que parecía haberse acentuado con el paso del ángelus a través de sus cabezas. Se ponían las manos llenas de callos y escoriaciones encima de sus hombros fieros, hablaban de extrañas lejanías que nadie conocía, de abandonos sufridos entre las espesuras y traiciones de mujeres, y se juraban amistad para siempre y la más alta lealtad en la desventura. Pero en el tono de aquellas promesas había amargura bajo tanto sudor encendido, y Arturo Rendón adivinó que en cualquier momento aquellos abrazos estaban llamados a convertirse en lances y puñaladas, y las manos en los hombros en cortes de machete a la altura del cuello. "Aquí cualquiera puede darse el honor de quedar convertido en asesino de cualquiera", pensó. Y se sintió mirado.

En medio de raros presentimientos se despojó de su sombrero, que puso a descansar, bocabajo, en una de las cuatro esquinas de su mesa, y se desabrochó el chaleco. Y era muy especial su modo de permanecer ahí sentado, no tanto por lo ansioso como por lo cauteloso de su estar. Hasta ese momento no había tenido oportunidad de fijar toda su atención en el menú de la música. Pero a medida que consiguió cruzar su pierna, pasar su mano como un pañuelo por su frente y expulsar el aire medroso de sus pulmones, la música empezó a salir del olvido para quedar convertida en esa especie de invernadero en el cual él había decidido instalarse para siempre, desde el día en que entendió que estaba solo y abandonado en el mundo. "Campaneo mi catrera y la encuentro desolada, sólo tengo de recuerdo el cuadrito que está ahí; pilchas viejas, unas flores y mi alma atormentada, eso es todo lo que queda desde que se fue de aquí", escuchó. Poco a poco, el bar se ponía más negro y oscuro. Y de entre aquellas sombras reapareció la copera. Puso la cerveza y el vaso sobre la mesa y dijo:

—La gente que no es de por aquí no dura mucho.

Arturo Rendón respondió:

—Que dure o no dure lo suficiente es cosa que no me importa. Soy de por aquí y conozco el almendrón, pero la que no es de por aquí al parecer sos vos.

—Llegué hace años, queridito, si lo querés saber —repuso ella.

—Yo en cambio me fui hace años, pero ahora estoy de vuelta. Como ves, nadie es del todo de donde un día nítidamente fue.

Ella lo miró, como si quisiera descifrar el sentido de aquel tono, ligeramente jeroglífico:

—Ni me va ni me viene lo tuyo, pero de verdad que vos estás muy pinta y hablás un enredo que me fascina.

El rostro de Arturo Rendón se puso rojo. Y bajó ambas pupilas hasta con ellas lamer el suelo. Y recordó que tenía una gran sed y miró la botella, de reojo. Este tipo de bobería femenina lo desarmaba, lo dejaba atolondrado. Desviado de la cabeza, distraído. De pronto dijo, sacando ánimo de donde no tenía para sentirse frentero:

—Mi tía me dijo que debía dormir con una mujer esta noche, vos verás.

—Lo pensaré —dijo ella—, porque a las tías siempre hay que tenerlas en cuenta.

Y huyó del lugar, contoneándose como un rústico pato hacia otra mesa, pues de lejos se veía que la afligía una ligera torcedura en una de sus piernas. La cuestión era averiguar en cuál, y con abrírselas quizás tendría. Pero en la otra mesa cuatro facinerosos la reclamaban para pellizcarla con cariño. Entonces Arturo Rendón puso cerveza en su vaso y desvió de nuevo su mirada hacia la plena y espejeante superficie del río, donde quería estar seguro de no estar viendo de nuevo los envoltorios flotando en el remolino. Pero no vio nada, pues el reflejo de la luz sobre las aguas brillantes era más perturbador que la oscuridad. "...Si me vieras, estoy tan viejo, tengo blanca la cabeza; ¿será acaso la tristeza de mi negra soledad? O será porque me cruzan tan fuleros berretines, que voy por los cafetines a buscar felicidad...", escuchó. Melancolía que desde varios años atrás le pertenecía. Jugo que lo interpretaba, no sabía cómo, no sabía por qué. Palabra mayor del arrabal que le hablaba con tanto ahínco acerca de su suerte, instalándolo en una extraña fotografía de época, para susurrarle con tono autobiográfico lo que él tanto quería escuchar en su regodeo ensimismado.

De modo que en medio de semejante tristeza, esplendor ante los demás y lujosos ritos era que él hallaba su nuevo sentido en el vivir. Valeroso espectáculo de hombres y mujeres acorralados por la crudeza del siglo, tan sólo mirándose perplejos. Encontraba en esta nueva ceremonia urbana su más interior significado, lavado de culpas gracias al sufrimiento. Ésa era la baraja psíquica a que había quedado reducido medio país. Sus mejores hombres doblados sobre las mesas de los cafetines, bajo el cerco tendido, humillados, ensombrecidos tanto por la crueldad del siglo como por la banda católica. Amedrentados por el desvío del infierno y la iconografía de los mártires sangrantes. Cristos hechos de espinas, atravesados con grandes clavos purificantes. Y grupos de almas ahumadas para siempre en el infierno a causa de la alegría. Imágenes de rara fascinación de las que nadie podía escapar y que la locura colectiva había terminado instalando en la realidad. Pues con la misma fiereza con que se anhelaba el cielo también se procuraba el infierno. A cada rato flotando en los ríos o colgando de los árboles se veían cadáveres que antes que muertos parecían mártires. Víctimas cristificadas, adornadas de tan originales torturas y detalles de crueldad que por sí mismas resultaban capaces de identificar a sus autores debido a su impronta y la detallada filigrana de cuanto en ellas habían hecho. A todo lo cual debía sumarse la añoranza causada por la urbanización acelerada, el despojo rural y la emigración, el nuevo horizonte libertario de las mujeres asalariadas y convertidas en seres productivos, independientes, y la sustitución de los códigos del honor por los códigos del dinero. Arturo Rendón, crecido y hecho hombre dentro de esta compleja masa modernizadora, degustaba como ninguno el sabor de semejante bilis que brotaba del tango, y se complacía con el ambivalente y ambiguo rezongo de la resistencia antimoderna.

Entre tanto fueron y vinieron varias cervezas. Y hubo el cruce de innumerables coqueteos y ojos tan atravesados como oblicuos. Hasta que pasada la media noche los hombres de altos sombreros y zamarras caídas comenzaron a desfilar hacia las cordilleras, de donde habían venido. Partían zonzos. Y por el camino, rumbo a la sombra de su origen, algunos de ellos no pudieron evitar quedar abrazados como hermanos, babeantes, aunque al brotar por el otro lado del bosque negro verde ya estaban malucos y vaciaron sus tripas sobre la seca hojarasca y de paso se ligaron a machetazos hasta algunos quedar desangrados encima de las piedras y más de uno colgando en el borde de las quebradas. Cada quien jugaba a ser convertido en mártir o en volver mártir al otro. Y mientras lujuriaba con sus ojos los muslos de su copera, que ahora despedía a unos paisanos que se tambaleaban junto al madero de la tranquera, Arturo Rendón vio aparecer en el reflejo oscuro del río un paquete de nuevos cadáveres. Los bultos esponjosos entraron en el remolino, dieron varias vueltas y él mismo vio la espuma que enseguida se formó sobre la empalizada. Sintió miedo y se puso de pie. En ese momento ya venía la copera y luego de un cruce de miradas le pidió que le trajera la cuenta.

—Ocho cervezas producen un daño de ochenta centavos —dijo ella, de medio lado.

—¿Has meditado en lo que dijo mi tía? —preguntó Arturo.

—No he hecho sino quebrarme la cabeza.

Arturo Rendón bajó otra vez sus ojos:

—¿Y al fin qué decidiste?

—Que una cosa es ir a dormir y otra cosa es ir a otra cosa.

—Se trata de ir a dormir, pero también se trata de esa otra cosa. Soy varón.

—A cada cosa su precio.

—¿Por ambas al mismo tiempo tenés alguna rebaja de consideración?

Ella sonrió:

—Sería capaz de hacerlo también por amor, creatura, pero es la primera vez que te veo y eso sería pisar desde el principio la tierra de los malos presagios.

—En esta noche es la décima vez que nos vemos.

—Está bien, pero por esta noche de todos modos el asunto tiene un precio: vos ponés la pieza y yo pongo el chirrido del catre. Mañana hablaremos de nuevo al amanecer.

Arturo Rendón sintió un repentino frío dentro de su pecho. Frío de tripas abiertas, de pechos conmocionados. Y consagró un instante de su pensamiento al recuerdo de su Amapola Cisneros y de su malparido guitarrista, nada de lo cual podía olvidar. Sería bueno devolverse para imponer la justicia, pero los infelices habían huido y su puñaleta al fin se había quedado boquiabierta. "Cuando uno ha sido herido por una sola vez, queda herido para siempre", pensó. De pronto, señalando el cauce del río, preguntó:

—¿Qué es aquello que ahora da vueltas en el remolino?

—Todo el mundo sabe que son los muertos de la masacre de Riofrío, que apenas van bajando.

—Sabía de la de Ceilán.

—Ésa fue otra, querido. La cosa está que se pone maluca por todas partes.

Arturo Rendón empezó a mover la punta del pie:

—Vamos, pues —dijo.

—¿Cuál es al fin tu pieza?

—La número tres.

—Ahora te caigo.

Y le cayó cinco minutos más tarde, tal vez ocho, cumplidamente. Toda espera es siempre tan demasiado larga y dispendiosa, pero la causada por la cita del amor ni se diga ni mencione. Lo que habría de suceder después de un rato, mucho mejor directo y de una vez. Pero antes de todo ella debió apagar las luces del salón principal y poner en su lugar las trancas de las puertas y las ventanas. —Me llamo Clavellina Lopera —dijo al entrar—, por si acaso te interesa.

—Clavellina Lopera, Clavellina Lopera, Clavellina Lopera... —repitió él, para memorizar.

—Pero mis amigos me dicen la Leona.

—La Leona, la Leona...

—Así está bien.

Después del amor y los espléndidos rugidos de la Leona cuajó en el aire un suave sueño. Más de ella que de él, sueño de mujer agradecida. Hacía rato no rugía con tanta vehemencia y sinceridad, pues desde mucho tiempo atrás no pasaba por sus manos hombre semejante, en cuyos brazos quiso ponerse a chillar y enseguida a descansar desde el mismo momento en que lo vio atravesar la puerta del salón, como quien se lo merece y de paso desea entrar para siempre en la espesura. Y la espesura había venido a ella hasta dejarla como narcotizada. Momento que Arturo Rendón aprovechó para sacar sus calzoncillos de debajo de su almohada y enseguida ponérselos. Luego se hizo el que iba a echarse un poco de frescura en la cabeza, chapoteando sin ruido en el agua de la jofaina, pero antes prefirió dar una vuelta por el asiento, sacó el dinero de sus pantalones y lo guardó en el bolsillo del lado del corazón de su camisa, sin que ella pudiera darse cuenta de nada, él mismo convertido ahora en el silencio. "Las putas roban a los hombres, se introducen el dinero por los intestinos y luego se hacen las que han quedado heridas para siempre de un hachazo en el alma", pensó. Enseguida regresó al tibio lado de su Clavellina.

—Hasta mañana —dijo—. Tengo que madrugar.

—Eso dicen todos cuando ya han tirado la baraja del tute —gruñó ella.

—Es verdad, nena, voy para Umbría y estoy de afán.

—Umbría es un moridero, y no sé qué pensás hacer por esos lados.

—Si lo supieras...

—Nada que tuvieras que ir a hacer me interesa realmente —dijo ella, bostezando.

—Mejor así.

—Bueno, tal vez...

—Hace apenas un momento estabas chillando y ahora ni siquiera podés abrir los ojos.

—Hago honor a mi nombre —dijo ella, dando vuelta a su espalda.

Y se durmieron, cada quien por su lado y por su cuenta, cada quien con su pensamiento en solitario y con la tibieza de su propia modorra por separado. Pero media hora más tarde, cuando por fin conseguía cerrar sus ojos, él comenzó a ver otra vez el sitio donde habían acampado la primera noche del viaje. Habían caminado como dementes sin rumbo a lo largo de un prolongado crepúsculo violeta, pasando por el costado de altísimos cerros envueltos en neblinas rosadas hasta encontrar del otro lado abismos capaces de suspender el aliento, y luego vieron oscurecer y continuaron cabalgando y caminando en medio de la noche oscura, mientras masticaban trozos de azúcar y mordían hierbas a discreción y chupaban astillas y jugosos tallos de carrizo. Habían cruzado bajo innumerables cascadas que tejían cadenas de espuma y vadeado quebradas caminando sobre piedras negras que parecían lápidas, hasta llegar por fin a una especie de refugio que hacía las veces de antigua cueva de arrieros, ahora abandonada.

Allí se detuvieron para pasar la noche. Colgaron dos lámparas de carburo, bajaron la carga y con sus manos le quitaron de encima la escarcha, y luego lo cubrieron todo con lonas enceradas. Llevaron el féretro a un lugar más seco y un poco más lejos encendieron fuego. Al conducir el féretro al lugar elegido, Heriberto Franco y Arturo Rendón se miraron en la oscuridad, agitaron fuertemente la caja hacia los lados y escucharon de nuevo el sonido del asunto que había adentro.

—Es imposible que aquí hayan metido realmente un cuerpo completo —murmuró Arturo Rendón.

—Quién sabe... —dijo Heriberto Franco.

—¿No sería demasiado descabellado echar una ojeada una noche de éstas?

—Tendría que ser antes de llegar a Supía, hermano, ojalá esta misma noche.

—Retiro mis palabras ya mismo. Eso equivaldría a una profanación.

—Podés retirarlas.

Regresaron los dos hacia donde crepitaba el fuego. Se despojaron de sus sombreros, se miraron con tanto desdén como desconfianza y permanecieron en silencio escuchando en la hondonada el sonido del manantial. Siempre el bulto presente de los dos hombres, en la esquina del reojo. Lejos de ahí, ensimismado, resoplaba Gómez Tirado. Luego ellos abrieron sus morrales, muy despacio, sirvieron las judías cocidas, el tocino y el arroz sobre hojas de bijao y se pusieron a masticar sin pronunciar palabra observando siempre hacia la oscuridad, que carecía de grietas. Todo sucedía como si Heriberto Franco hubiera caído en la celada de haber dado a conocer de una vez lo peor de sus intenciones. De vez en cuando pasaban fogonazos de cocuyos que desaparecían entre el follaje y se oían búhos en las copas de los árboles y de vez en cuando escuchaban también pasar el aleteo rasante de las gallinaciegas. Y nubes de murciélagos saeteaban en la oscuridad y algunos se enredaban a picotear en el cuello de las mulas, donde se adormilaban en la lenguarada de su leche negra, como mamando. Gómez Tirado se había atorado de sorbos sacados de su cantimplora a lo largo del último ascenso, que era un terreno hecho de pelmazos de pizarras y piedras musgosas, y al llegar a la cueva y apearse de su mula había empezado a tambalearse medio borracho, medio arrepentido. Comió vorazmente algo que sacó de sus alforjas, encendió un cigarro y se quedó pensativo echando ruedas de humo.

—Hasta aquí hemos llegado, muchachos, mañana será otro día —gritó, antes de caer fundido.

Rato después los dos arrieros se enfundaron en sus capotes de monte, encendieron sus cigarros y se despidieron ante el testimonio de la noche y los árboles, con una especie de mutuo refunfuño, cerrando los ojos por no dejar. Y durante un buen rato se estuvieron vigilando el uno al otro, dando vueltas y tumbos sobre sí mismos, como lombrices. Pero cierto tiempo después, en la oscuridad de aquel sueño profundo, Arturo Rendón vio, lo podría jurar ante cualquiera, cuando Heriberto Franco empezaba a arrastrarse rumbo al féretro para desatornillarlo, hacer a un lado los zunchos y mirar afanoso qué era en realidad lo que tanto había dentro.

Todavía hoy, sin embargo, en su aposento de Pintada, al lado de su tan fiera como rugiente Leona, Arturo Rendón no sabe a ciencia cierta si las imágenes de aquella posterior duermevela representaron al fin una verdad real, o apenas consiguieron ser la oscura expresión de sus propios deseos.

7

Ha amanecido, entre cárdeno y azul, amoratado. Sentado todavía en el camastro, en pantaloncillos, Arturo Rendón se ha puesto a acariciar los crespos a la melena de su Leona y le ha confiado de pronto, sin saber por qué, los verdaderos motivos de su viaje. Ella se ha quedado boquiabierta:

—¡Un pedazo de Carlitos Gardel! —fue lo único que pudo exclamar, cogiéndose la cabeza con ambas manos. Y se quedó pensativa, paralizada, durante largo rato perdida entre silbidos. Y lucieron en el aire sus dedos llenos de anillos de lata, sin mayores piedras, quizás simples vidrios avanzados. Arturo Rendón caminó hasta la ventana, un poco arrepentido por causa de su imprudencia, que de todos modos olía a sinceridad. Retiró la falleba y abrió las hojas de par en par, tomando aire. Y desde allí observó el cauce del Cauca, ancho y sereno en la mañana veteada de verdugones alilados, tratando de encontrar de nuevo el remoto punto del remolino. Pero no vio nada en aquel lugar, salvo una empalizada de ramas secas girando sobre sí misma, troncos podridos que habían rodado durante meses desde la cumbre de las cordilleras, hojarasca inútil y una cierta aureola de espuma amarilla. Y arriba, en el cielo, negras aves de rapiña con sus picos dirigidos hacia abajo, trazando vueltas y más vueltas.

—Me cogió el día —murmuró, bañado de arriba a abajo por la luz de la ventana.

Afuera, veía sólo el río cubierto de un amarillo transparente. Y de vez en cuando únicamente alargadas embarcaciones de pescadores que pasaban mirando el infinito, con ojos de haberlo visto todo. Y en la orilla perros cargados de gruñidos, sin pelo, quebrado ya el cartílago de sus orejas, la osamenta a la vista bajo el pellejo.

—¿Es ese mismo que canta "Arrabal amargo"? —preguntó ella, al rato.

—El mismo.

—¿Y ahora me salís con que vas para Umbría por un pedazo de ese hombre?

—Por un pedazo de su sombrero, querida, o al menos por una tira de su bufanda.

—¿El mismo de "Por una cabeza"?

—Y de "Cuesta abajo".

Clavellina Lopera agitó su cabellera y comenzó a caminar descalza y en calzones por el cuartucho, a toda velocidad y sin percatarse de que estaba un tanto más coja que ayer, cuando se pavoneaba por el salón entre los facinerosos de la cordillera. Y caminaba rengueando y medio alocada, de modo que pudiera airear a través del aposento no tanto las carnes de su pecho en otro tiempo tan lechero cuanto su apelmazado pensamiento, que casi se ahogaba con la noticia. Dio varias vueltas en redondo, creyendo que iba para alguna parte, y luego fue a desplomarse en el asiento, donde soltó casi todo el aire. Arturo Rendón ya había empezado a vestirse y se estaba poniendo sus zapatos.

—Me bañaré en Valparaíso —explicó, todavía sentado en el borde del camastro, doblado como un oriental encima de sus pies.

—¡Un pedazo de Gardel!

—Arreglemos las cuentas, mujer.

—Lo que es a mí vos no me debés nada. Nos vamos para Umbría, hombre, ésta no me la pierdo, ¿qué te parece? Después veremos.

—Pensálo mejor.

—Ya lo pensé. Aquí en Pintada no se ven sino muertos y el trabajo no progresa.

—Umbría está lejos.

—Vos no me querés llevar.

Arturo Rendón levantó su cabeza, antes hundida entre sus rodillas:

—Lo que es a mí no me disgusta la idea, mujer, y si mi tía viviera estaría de acuerdo.

—Me agrada tu tía.

—Vámonos para Umbría.

—Aquí ahora no tengo a nadie, pero en Umbría el otro día tuve un marido —dijo ella—. Pintada es un moridero y hace años que no veo sino pasar cadáveres por el horizonte.

—¿Por el río?

—Y por la carretera.

Hacia las nueve de la mañana ya se habían atorado de huevos rancheros, que acompañaron con chocolate y panes de maíz salcochado dorados a la brasa. A su lado estaba la Leona moviendo su lengua, con un palillo metido entre los dientes, escapada por completo de su jaula y muy ufana, luciendo no tanto el esplendor de sus anillos cuanto la pinta de su hombre, apoltronada como estaba a la manera de una princesa de Malasia en aquel restaurante bajo cuyo cobertizo estacionaba la berlina que cumplía la ruta de Valparaíso. En menos de una hora partirían, según las últimas informaciones. Datos que incluían chismorreos sobre el estado de la ruta, el tamaño de la sombra en la región limítrofe con Umbría, las nuevas masacres con sus detalles de ingenio y el fuego en llamaradas que se comía las ramadas y los caneyes por donde dentro de poco habrían de pasar.

A estas alturas, Clavellina Lopera había quedado transformada en otra persona. Motivos no le faltaban. ¡Un pedazo de Gardel! En eso pensaba y nada más. Y se moría de la curiosidad ante el tamaño de aquella monstruosidad, por más que su hombre le explicara que no se estaba refiriendo exactamente al cuerpo del cantor sino en sentido figurado a algunas de sus cosas. Pero aun así ella se imaginaba en todo momento fotografiada a la orilla de un barranco con el sombrero del cantor, mirando de lado hacia el despeñadero. O con su mejor vestido, el más malevo, al pie de la registradora, con sus ojos perdidos en la lejanía del Cauca.

Su modo de dirigirse a su amigo de viaje había cambiado. De distante y casi cruel, como en la noche anterior, había pasado a ser respetuoso y admirativo, como ahora. "Un hombre como éste no se consigue en la primera marranera de la esquina", pensaba para sí. Y actuaba en consecuencia. A cada momento le peinaba con la punta de sus dedos el cabello de sus sienes, todavía algo rojizo a causa del polvo de los recientes caminos. Cuidaba del nudo de su corbata en el nido del cuello abotonado de su camisa a rayas, y con insistencia molesta ponía a cada rato en su sitio el ala de su sombrero, como queriendo controlar el paso de la luz. Y se abrazaba a él, trepadora madreselva, a pesar de que seguía encontrándolo tan ausente y tan concentrado en otras cosas que de ninguna manera eran las suyas. Pero de aquello nada le preguntaba, nada le sugería, pajarito del tronco más alto, no fuera a molestarse ante el reclamo. Ella sabía de asuntos tales, de los que los hombres no querían siquiera hablar. Ningún caballero acepta estar lejos de donde al parecer está, por más que su cabeza se pavonee por otro lugar más placentero. Pero, no obstante sentirlo tan ausente como distraído, de todos modos su hombre estaba ahí, ahora mismo y ante su presencia, disponible. Y pensó y juró, de inmediato, proponerse algo hasta conseguirlo. Juró tomarse con él una fotografía apenas pisaran el polvo de Valparaíso, no importa que la tuviera que recoger quién sabe cuándo, de regreso al moridero, con seguridad ya sola. La de su hombre era una imagen que, pasara lo que pasara, ella quería conservar para siempre. Le fascinaba ese modo de peinarse con gomina, a la moda; ese modo de doblarse el pelo hacia atrás y de ladear su cabeza al sonreír, eternamente. Y la mataba la manera en que su chaleco de paño a rayas se ajustaba a su pecho y ese pañuelo como de paloma blanca aleteando en el bolsillo de su saco. La Leona sentía que a su mancebo, a pesar de su lejanía, le brotaba natural de cuanto hacía una ternura que ella intuía humana pero que nunca había probado en su favor de parte de otros clientes, ni conocía siquiera de lejos. Eso la tenía desmadejada, boquiabierta, enyerbada. Y, para redondear, ese animal tenía todavía, para quien quisiera tomarlas, unas manos gruesas y peludas de antiguo arriero de los caminos, que la vida había conservado en su rudeza a pesar de que él se hubiera transformado de pronto en otra cosa, con su sombrero y su corbata de seda. Y la Leona acababa de caer cautivada por esa otra cosa en la que su hombre había quedado convertido.

Casi dos horas más tarde apareció en la lejanía una bola de polvo rojo, de cuyo interior, muy poco a poco, fue consiguiendo salir la berlina que habría de partir para Valparaíso. Los vendedores de carne grasa y salada salieron a su encuentro, en algarabía, respondiendo a los pitidos que desde el tierrero emitía el carro. Quince minutos más tarde un hombre de modales legendarios trepó las maletas al emparrillado y partieron, entre la polvareda. El motorista era un joven que se carcajeaba por cualquier cosa. Tenía ojos medio atigrados y los dedos de los pies no le cabían en las sandalias. Su pelo era una mata de rastrojo verde y tierra seca y cada que decía alguna cosa él mismo se la celebraba. Su ayudante era un flaco que daba botes en el aire mientras cobraba, y que viajaba siempre por fuera de la carrocería agarrado a las puertas y a las varillas que en redondo daban vuelta a la capota. Y empezaron así a avanzar rumbo a Valparaíso, transitando por unas vueltas ciegas que después de media hora de recorrido iban a resultar en el mismo sitio de antes, aunque de todos modos un poco más arriba en la hilada de la pendiente, como si se tratara de las vueltas espirales que da la historia o de las carambolas que en lo individual traza la vida.

Cuando no se estaba carcajeando, el motorista se ponía a cantar a gritos. Entonaba valses y boleros que ensartaba el uno con el otro, como quien emprende la hechura de un raro tejido de autista. Gesticulaba sin siquiera mirar para los lados y hacía sonar las eses por entre los colmillos, como ocurre con el cierzo a través del follaje de los madroñales. Pero el tremor que producía la berlina al desplazarse por el carreteable entre baches y piedras era de tal naturaleza, que la voz del cantante casi ni se oía. Muy pronto cundió el ánimo, y cuando el flaco que hacía de ayudante comenzó a entonar la segunda con un cierto decoro, toda la berlina se contagió del asunto y empezó a cantar por la cordillera, ahora convertida en el corazón de las tinieblas esplendorosas entre bosques de nogales y cedros. El aire ya era cálido, y el eco de la canora berlina rebotaba contra las montañas y acallaba el ruido de las cascadas, que en borlas y encajes se precipitaban desde las alturas. Veían pasar aves raudas y mariposas que eran paletas de acuarelas, y hubo un momento en que la berlina se llenó por dentro de pitidos de colibríes. A todas éstas Arturo Rendón canturreaba en voz baja, en solitario, mientras su Leona hacía dúo con el flaco, que coqueteaba trepado en la segunda, para acompañar en "Luna de octubre" al motorista, tan empeñado como estaba en hacer dueto con su vecina la del puesto de al lado, que llevaba un gallo encima de sus rodillas, envuelto como un embrollo en hojas de palma de iraca. En la tabla de atrás, un cerdo que avanzaba tan amarrado como dormido empezó a chillar, tal y como si el clarinetista hubiese despertado en la trastienda. Al pasar por la quebrada de El Asombro, la berlina se detuvo en medio de la corriente y el flaco dio un salto y sin dejar de cantar ni de gritar abrió la tapa del motor y renovó con un tarro el agua del radiador. Las piedras de la quebrada eran el reino mineral de la estampida de las mariposas y el sol del medio día hacía aun más intensa la variedad de sus colores. Pasaban los azulejos chillando en vuelos rasantes y desde los troncos de los árboles más elevados llegaba el golpeteo de los pájaros carpinteros. La berlina rugió en medio del cañón, cayó la tapa del motor y el flaco voló en el aire y se colgó de nuevo de las varillas, mientras su camisa se inflaba de viento. Afuera la vegetación subía al cielo, como si alguien la estuviera halando por las ramas. Pasaron asomas y toches, como saetas. Y pasaron también bandas de turpiales y loras. Llegaron luego a una especie de valle de climas medios, y por las ventanillas abiertas vieron las orquídeas colgando de los árboles como úteros lilas, y a lo lejos se percibió el perfume de las begonias y de los crisantemos silvestres. Vieron tórtolas camineras, tórtolas de enaguas blancas que bebían en los pozos amarillos y se fecundaban aleteando encaramadas las unas encima de las otras, y observaron a lo lejos los nidos de las comadrejas y las cuevas de los armadillos. Pasaron por manantiales que regaban pequeñísimos valles poblados de ojos de venados en la sombra, hasta que al evacuar aquella familia de valles encadenados empezaron a descolgarse por una garganta oscura que de repente se hizo negra, donde la naturaleza se ensombreció y ya nada volvió a ser igual ni a escucharse como antes. Marcharon en tinieblas durante casi doce minutos hasta llegar al final de la garganta, donde la carretera daba una vuelta que era casi como para empezar a devolverse al punto de partida. Entonces, al tomar por aquella vuelta, vieron en la distancia las farolas encendidas de una berlina hundida en la cuneta del costado izquierdo, sobre cuya cubierta ya sobrevolaban y daban saltos negras aves de rapiña. "¡Oh, Dios!", gimieron todos. Y no acababan de gemir cuando el conductor emparejó la berlina y vieron toda la sangre derramada en el polvo, como un tributo. Vieron cabezas de niños cortadas de cuajo, ensartadas en estacas. Vieron hombres a los cuales les habían sacado la lengua por el cuello, como una corbata de terciopelo. Vieron otros con la mano derecha metida a través de un corte hecho a cuchillo en el vientre, a lo Napoleón. Y vieron mujeres con penes como tabacos colgando de su boca llena de moscas y ojos aún frescos sacados de sus cuencas por los gallinazos.

El frenesí y la alegría de vivir acababan de ser castigados.

Y huyeron entre la polvareda. Ya hacia el atardecer, en medio de aquel crepúsculo de domingo, aparecieron en la distancia las primeras luces de Valparaíso.

8

Arturo y Clavellina ocuparon una pieza sin número en un segundo piso del hospedaje "La Alegría del Pensil", que colgaba como nido de tominejo de una empalizada de tarugos de guadua construida en el sector de la plaza del mercado. Había oscurecido, el peligro había pasado y el aire ahora parecía tierno y bueno. Pero ni siquiera en la ducha, donde se bañaron y retozaron juntos por un rato, lograron deshacerse de las imágenes de la masacre ni de los detalles y pormenores de su perfección. Ya vestidos se miraron en silencio durante prolongados períodos, sin terminar de entender. Fueron hasta la ventana para observar la calle, humedecida por la llovizna, y allí permanecieron en silencio hasta que volvieron a sentarse en el borde del camastro. Estaban herméticos, acurrucados dentro de sí, y parecían conchas o cortezas de árboles quemados. Tenían miedo, pero no lo sabían. Miedo que a ratos parecía cinismo en flor, a ratos magra indiferencia. Aunque las más de las veces una oscura mezcla de ambas cosas. Hacía ya varios años que los ríos estaban atragantados de cadáveres, pero ellos habían tenido que inventar su modo de vivir compartiendo espacios con los muertos. Y, de esta hábil manera, la vida se había tenido que ir convirtiendo en una especie de frenesí inexplicable a causa de lo precario e incierto de su fundamento. Loca afirmación, pues las noticias de Umbría tampoco eran las mejores. Llegaban volando, de boca en boca, como plumas negras de alas aún más negras. Por el Cauca lucían su cabellera los últimos cadáveres de las masacres de Génova y Ceilán, entre podridos y revueltos, esponjosos de helechos, su ropa un extraño asunto, después de largos recorridos a través de quebradas y ríos secundarios. Y esas imágenes veían, en eso se entretenían, pero la culpa no era del todo de la ventana.

De repente, Arturo Rendón tomó por el brazo a su Leona, se levantó del camastro y le dijo:

—¡Larguémonos para afuera, que hay que vivir!

—Yo estoy que doy la vida por un aguardiente —dijo ella.

—¡Vamos a beber!

—¡Pago ese moco!

—Y que sea lo que sea.

—La vida no vale un pito, maldita sea, y aquí adentro nos estamos muriendo de tristeza.

Y se abrigaron y salieron a la calle como estaban, pues sólo la vida conoce mejor que nadie el calibre de lo que puede o no puede. Lázaro que parpadea su fuego entre valles de ceniza, la vida interpreta mejor que la cabeza el estado general. Y atravesaron la calzada pensando en ir al bar de enfrente, de donde venía hacia ellos aquella música. A la Leona le fascinaba ir de vez en cuando a los bares a hacerse servir, pues desde esa posición de mujer que está siendo atendida podía descifrar mucho mejor el misterio de su descabellado oficio de copera. A cada rato mandaba traer a la mesa cualquier cosa, por nada de nada y sólo por el raro placer de hacerlo. Y se entretenía observando con detalle lo que sucedía en el ínterin. El cafetín estaba casi vacío hacia las mesas del borde de la calle, pero aun así había congestión de botellas, cuerpos emponzoñados por la modorra y cabestros de cabalgaduras en dirección de las localidades del fondo, alrededor de la radiogramola, que abrigaba y daba cobijo a sus polluelos como una gallina empollada. Pidieron media botella de aguardiente, que la copera trajo al rato junto con pedacitos de coco, uvas negras ácidas y cascos de naranja, mandarina y limón. La Leona aprovechó para detallar a la copera desde la punta de sus pies hasta el moño de su cabeza, y en el acto la calibró. "Esta mujer no vale mayor cosa", pensó. De un solo vistazo se dio por enterada del gancho en forma de mariposa con que aseguraba su pelo de cola de caballo, se rió íntimamente de su blusa, que le pareció cualquier trapo. Pero lo que más le causó gracia fueron los tacones de sus zapatos, medio torcidos y patizambos, una auténtica desgracia. Y estaba de lo más feliz, dedicada a fisgonear el mundo alrededor y olvidada de su hombre, que ya se había despojado de su sombrero y que ante el tamaño de la mesa había tenido que hacer descansar encima de sus rodillas. Y se había olvidado ya de estarle ajustando el nudo de su corbata a cada rato. Y cuando él se despojó de su sombrero, ella no se desvaneció como otras veces ante el espectáculo de su pelo engominado, doblado hacia atrás como una alfombra y como si le acabaran de pasar por encima una plancha untada de aceite. Por el contrario, Clavellina Lopera fulgía ahora tan radiante como autónoma. Una antigua verdad se había apoderado de ella. "No soy nada tonta", pensaba. Y se veía a sí misma como una golondrina en la noche de Valparaíso. Miró, absorta, no sabía qué tanto de todo aquello era un sueño, las fotografías que colgaban de los muros. Rostros de cantantes populares, aves canoras, artistas del celuloide. Y vio allí a Imperio Argentina, a Carmen Victoria Viñolas Moreno de Soer, tal como en el subtítulo se leía, a la Mona Maris y a una auténtica tigresa llamada Sofía Bozán. También vio a Ignacio Corsini y a un bailarín que se hacía llamar el Cachafaz, un famoso de la contorsión y del malevaje. Todo esto estaba adherido a los muros, como engrudo hecho de sudor popular, al pie de lámparas votivas. Hasta que de pronto ella entró en la idea de estar sentada ante el altar de un templo pagano. Y esa sola idea la dejó trastornada. Allí, la iconografía del santoral traía a la memoria rostros de seres humanos hechos con el barro de este mundo, cuyo rápido proceso de mitificación, sin embargo, debía sacarlos de nuevo de este mundo, cuanto antes. "Falta Gardel, no puede ser", pensó para sí la Leona repasando el conjunto, fotografía por fotografía. Y no lo encontró. Entonces, dirigió sus ojos a su hombre y lo vio allí, sentado a su lado.

—¡Ah, mi Gardelito! —dijo—, menos mal que no te has ido, menos mal que estás ahí.

—No me digás así.

—Dejáme quererte.

Y pasó de nuevo su mano por encima de su pelo engominado. Vio esa tan repentina como eterna sonrisa suya y ajustó una vez más el nudo de su corbata en el orificio del cuello de su camisa. Luego preguntó:

—¿Ya viste las fotografías?

—Las estaba viendo —dijo él, ensimismado.

—Falta el más importante de todos.

—Por ahí debe andar, dejá ver.

—Aún no lo he visto, lindura.

—Por algo será, dejá ver bien.

Ella lo miró de nuevo. A los ojos, fijamente, tal como debía ser. Ojos grandotes, astutos, atravesados. Y sintió la oleada del miedo. ¡Aquel rostro! ¡Ay, ese bendito hombre la iba a matar! La estaba zarandeando. Y ella, que era una puta sin delirios de amor, concreta, metálica, caía ahora inerme, con los brazos abajo, desgonzados, ante la contundencia de aquella lámina en vivo. Había superado ya la imagen de los cadáveres degollados, profanados en la berlina que se había hundido para siempre en la cuneta de aquella curva. Pero algo ahora la restituía de ese miedo abstracto.

—Tomáte tu aguardiente, que yo entre tanto ya me he bebido dos —dijo él.

—El descuido me mata, querido, prestá para acá.

Murmuró ella, pestañeando. Y se lo tomó haciendo caras sinceras mientras hacía venir a la copera otra vez:

—Chica —le dijo—, allí entre esos santos falta Gardel, eso no está bien.

La copera sonrió:

—Está en la parte de atrás, presidiendo el altar. Parece que ustedes no son de por aquí, claro. Pasen para adentro a ver el museo.

—¿El museo?

—Sí, vale la pena.

Clavellina y Arturo se miraron, pero no vieron las nubes que desfilaron entre ellos, como abismos. Nubes de diferentes épocas y sentimientos. Tampoco vieron el tiempo que quería irse, mucho menos la diferencia de tristezas y de intereses que se interponía. Ante lo cual él se caló de nuevo su sombrero, le hizo un ademán a su Leona y empezó a caminar hacia la trastienda, decidido. Chirrido en las tablas enceradas, flojera en las puntillas. Ella venía a su lado, muy fielmente, observándolo todo, y su temblor no era grave. Un primor. Veía el haz de luz que en chorros bajaba de arriba, del vitral que lindaba con el campanario en sombras y oía la música de tango que salía del aparato donde por unas monedas la clientela podía programar su gusto. Y al llegar al portal del aposento abrieron las cortinas de tafetán y vieron el altar. Viéndolo bien, el altar había sido hecho con gusto. Estaba presidido por una fotografía de Gardel, la misma que él traía en el avión que se quemó, según la leyenda de más abajo. Reposaba en el fondo de un tabernáculo de madera con puerta de vidrio. Adentro, en el piso del tabernáculo y bajo la fotografía del zorzal, se veían algunos objetos: el ala de un sombrero incompleto, una bufanda y dos dientes pegados con goma a un cartón rojo. En una cajita rústica varias monedas de la época y un cancionero. Afuera del relicario vieron una repisa con dos floreros de plata y varias rosas puestas del mismo día.

—Miren bien las puntas de la fotografía y de la bufanda —dijo la copera, que se había puesto a espaldas de ellos.

Arturo y su Leona casi debieron golpear con su frente el vidrio para observar de cerca la totalidad del encanto. Y vieron cómo los extremos de la fotografía y de la bufanda lucían evidencias de haber sido realmente mordisqueados por el fuego, como en la tarde aquella del accidente de Medellín. A media dentellada, como suele suceder, el fuego sólo había lamido parte de los costados y comido del todo las esquinas. Ante estas señales tan contundentes, Clavellina Lopera comenzó a pensar en una cosa mientras Arturo Rendón se imponía la imaginación de otra. Ella estaba absorta, fantaseada, obnubilada por la autenticidad que aquellas señales de fuego otorgaban al conjunto, mientras él no hacía sino pensar en el malparido del Heriberto Franco, que al parecer se había dedicado a vender por los pueblos aquellas reliquias a cambio de cualquier cosa. Y cuando llegara a Umbría y le pusiera sus colmillos en el cuello, no tendría ya para restituirle nada de nada.

—¿Vos sabés cómo llegaron estas cosas hasta aquí? —preguntó él a la copera.

—Cuando yo empecé a trabajar, el altar ya estaba ahí, pero podríamos preguntarle a don Buitrago —dijo ella.

La Leona hubiera querido permanecer un rato más observando las reliquias, pero Arturo Rendón andaba en lo que andaba. Y su cabeza la tenía demasiado lejos, por los lados de Umbría, junto a su sombra. "¡Ese malparido!", pensó. Y fueron a buscar a don Buitrago, que dormía con su boca abierta ante el cajón de la registradora. Pero no fue necesario despertarlo, pues don Buitrago tenía a su disposición un despertador biológico que le tiraba de los párpados cuando alguien se acercaba a menos de un metro.

—Don Buitrago —dijo la copera—, el señor desea saber algo.

—Buenas noches, caballero —dijo Arturo—, es sobre las reliquias.

—Diga usted —gruñó don Buitrago.

—¿Podría decirme cómo llegaron hasta aquí aquellas joyas?

Y señaló hacia el altar. Don Buitrago abrió por completo ambos ojos:

—Hacían parte del café cuando lo compré, hará diez años.

—Muchas gracias —dijo Arturo—, eso era todo.

—Son auténticas —explicó don Buitrago.

—¿Y los dientes? —preguntó Clavellina.

—También, incluidos los dientes.

—Yo no estaría tan seguro de eso —dijo Arturo.

—Tengo los certificados.

—¿Y quién certifica una cosa así?

—Un tal Heriberto Franco.

Arturo Rendón quiso dar un puñetazo en la tabla. "Ya me lo había sospechado", pensó. Heriberto Franco había incurrido en profanación. Pruebas mejores, imposible. Bastaba con ponerse a ver aquello. La vida termina en muerte o en dinero. Ella estaba erizada. Se miraba ambos brazos, se pasaba la palma de su mano por encima del vello, como si fuera un cepillo. Y, cabisbajos, retornaron a su mesa a terminar de desocupar la media botella. A partir de ese momento Arturo Rendón no volvió a hablar. Y su sombrero se veía deforme y su corbata parecía apenas un trapo a medias.

Han regresado al cuartucho del hotel. La nube que se había formado entre los dos es ahora más espesa, más oscura. Arturo acá, de su lado, Clavellina allá, del suyo. Pero hacia la media noche, antes de cerrar sus ojos, él por fin decidió hablar:

—Ya no vale la pena ir a Umbría —dijo.

—Eso depende —repuso ella.

—Yo voy a lo que voy —dijo él con rabia—, y lo que iba a buscar ya está aquí y es de otro.

Se interpuso enseguida entre los dos la sombra de otro largo silencio. Ella iba por un lado, de la mano de nada, él por el otro, mirando en contravía. Arturo Rendón presenció toda la bruma de aquella separación y comenzó a pensar seriamente en su regreso a casa. Ya no tenía sentido continuar hacia Umbría. Y al rato escuchó cuando su Leona empezaba a respirar con un silbido cultivado en el pecho, como cuando alguien se ha dormido sin dejar nada pendiente. Entonces cerró sus ojos y se dejó llevar por sus recuerdos.

Y observó a lo lejos la caravana, entre ramas verdes que en la distancia parecían hechas de clorofilas negras. El piso del sendero era gris y en los bordes crecían manojos de helechos. La niebla empezaba a disiparse, pero los troncos de los árboles todavía estaban blancos y húmedos y por sus cortezas bajaban transparentes hilos de agua. Avanzaban las trece mulas cargadas con los veinte baúles y el féretro, en el amanecer del jueves 19 de diciembre de 1935. Acababan de encarar un ligero descenso, siguiendo por la orilla de un manantial, para empezar a ascender rumbo a un lugar denominado Altos de Valparaíso. Habían desayunado panes de maíz y tortillas de huevo, que cocinaron al fuego en cacerolas que pusieron a calentar entre piedras cubiertas de musgo. Bebieron chocolate negro, y cuando terminaron hicieron buches de café y encendieron cigarros y empezaron a cantar y a toser a lo largo de la primera legua. Arturo Rendón llevaba entre ceja y ceja lo que había visto entre sueños durante la noche que acababa de terminar, y Heriberto Franco rehuía su mirada y se mantenía a una distancia que parecía suficiente para evitar cualquier contacto. Con la cabeza maltratada por el alcohol, Gómez Tirado vaciaba a sorbos el agua de sus cantimploras, que bajaba a llenar nuevamente en los pozos fríos que formaban los manantiales. Allí aprovechaba para mojar su cabeza y mirar absorto el bosque y los abismos. Pero enseguida volvía a trepar en su mula y con la ayuda de su espuela conseguía sobrepasar la caravana. Caminaron sin parar hasta el medio día, en medio de un viento helado que daba formas redondas a su ropa y que en varias oportunidades puso a volar sus sombreros, que quedaron sólo colgando de los barboquejos. Vieron bosques de cedros y árboles de yarumo embadurnados de ceniza, donde las tórtolas silvestres aleteaban acompañándose de cantos cuyo eco se escuchaba en la hondonada. Se detuvieron para el almuerzo cuando sintieron el sol rayando encima de sus cabezas y cuando al mirar el piso vieron que no se formaba allí ningún tipo de sombra. Estaban sudorosos. Fueron por maíz y por panela para dar de comer a las mulas, y en un balde con agua fresca diluyeron miel y dieron de beber a los animales, hasta dejarlos resoplones y satisfechos. Fueron luego por hojas de platanillo, que crecían abundantes al pie de un pantano cubierto de una gran variedad de musgos y espartillos, y cuando pasaron por el manantial se entretuvieron moviendo las piedras con los tacones de sus botas y viendo los cangrejos de agua dulce buscar refugio bajo otras piedras más profundas. Almorzaron frijoles recalentados que traían como parte de sus provisiones y que acompañaron con abundantes porciones de arroz fresco que cocinaron al fuego. Frieron tocino salado y asaron carne sobre parrillas y piedras salitrosas. Comieron con generosidad sucesivas masas de maíz que sacaron de las alforjas y tomaron café fresco en grandes tazones de peltre. Encendieron sus tabacos, se recostaron un rato con sus cabezas reclinadas en troncos y colocaron sus botas a colgar de las bejuqueras, y cuando se pusieron de pie y se aprestaron para partir, de sus vientres comenzaron a salir eructos y ventosidades de un modo tan sonoro que se escucharon poderosos truenos de réplica en la hondonada. Fueron hasta las mulas y apretaron las cinchas y las retrancas. Pasaron revista a los rejos y a las correas y dieron palmadas en las ancas de los animales y encima de los baúles. Pero al aproximarse donde se encontraban Bolívar y Alondra Manuela sosteniendo la barbacoa con el féretro, prefirieron guardar silencio y se abstuvieron de mirar demasiado el estado de la caja. Gómez Tirado volvió a referirse a la imagen del santo que llevaba en aquel cajón zunchado, pero Heriberto y

Arturo se miraron y sonrieron, dando a entender que por causa de ellos nada habría de filtrarse pero que a otro tonto con semejante relato. Reanudaron la marcha, pesados y lentos, pero a medida que caminaban y tomaban abundantes sorbos de café sentían que sus músculos se tonificaban y que de ellos se apoderaba una alegría biológica que los hacía cantar y silbar por el sendero. En los claros del bosque contemplaron el vuelo de mariposas que jamás habían visto y continuaron escuchando el canto de los toches y de las asomas. De nuevo observaron columnas de humo a lo lejos y escucharon voces de mujeres que lavaban ropa en las quebradas, y hubo un momento en que oyeron música de tiples y azarosos ladridos de perros. Hacia el atardecer, y ya en la jurisdicción de los Altos de Caramanta, vieron a lo lejos humos de quemas, oyeron otros perros y observaron pasar venados asustados a través del crepúsculo que brillaba sobre la hojarasca seca.

—Mañana viernes llegaremos a Supía —dijo Gómez Tirado.

—Eso todavía está por verse —gruñó Heriberto Franco.

Y se silenciaron de nuevo y caminando entre la arboleda vieron llegar la presencia del atardecer.

Luego, avanzando a través del crepúsculo observaron las bejuqueras lilas y oyeron un gran río que se precipitaba en el abismo. Las mulas resoplaban a cada rato y mojaban las piedras del camino con su sudor. Movían sus grandes orejas y las orientaban en la dirección de los principales sonidos del bosque, y nunca por esa región tintinearon tanto sus herraduras como aquel día encima de ese suelo hecho de pizarras y piedras del color del azafrán. Hasta que después de cabalgar y caminar durante más de una hora en medio de la fría tiniebla, alumbrados sólo por linternas y botellas donde ya habían introducido cocuyos encendidos, llegaron a un alto bordeado de cerros donde decidieron acampar por segunda vez.

Y estaban apenas encendiendo el fuego cuando Arturo Rendón dio un salto hacia atrás y se fue quedando dormido, plácidamente, junto a la tibieza carnal de su Leona. Y vio de nuevo el instante de la profanación.

9

Están sentados en el borde del camastro, desnudos, isolados. No hay asomo de arrullo entre los dos. El codo derecho de ella se hunde en su muslo y su cabeza, ladeada hacia el vacío donde él no existe, descansa abandonada en la palma de su mano. Y así se ha quedado, pensativa, con la mirada flotando por el aire del aposento. Está moviendo la punta de los dedos de sus pies y con las uñas de su mano izquierda remueve de allí delgadas capas de esmalte color rosa. Indiferente, ella, la imbatible Leona, agobiada ahora por el absurdo de la noche anterior. A su lado, Arturo Rendón permanece con su cabeza agarrada entre ambas manos, doblado por completo encima de sus rodillas. Y se dedica a escuchar el rumor callejero, donde el mundo se expresa como en el momento de un nuevo nacimiento. Hay gritos de hombres rústicos que tratan de estacionar un camión a lo lejos: "¡Enderezca! ¡Enderezca!", dicen, en su distorsionado palabreo de camioneros. Voces de otros hombres cuando conducen bueyes cargados y mulas hacia el mercado, como pastores. De vez en cuando trepan por la niebla mugidos y relinchos de animales cuyas ropas apenas se adivinan. Y trepa también el griterío de unos niños durante el recreo de un colegio en la lejanía cerrada de la niebla, mientras en algún campanario de la vecindad, entre músicas y tañir de bronces, una voz destemplada invita a la salud moral, a cerrar filas contra el ateísmo liberal y a alistarse en el ejército de Cristo para dar la batalla campal. "¡Vamos a combatir!", grita el cura. "¡El liberalismo ateo no pasará!" Y luego, como salido del cielo, el cura pone a sonar un coro que Arturo Rendón reconoce de inmediato como un grito de guerra: "...de Luzbel las legiones se ven ya marchar / y sus negros pendones el sol enlutar / ¡Compañía de Jesús, corre a la lid! / ¡A la lid!"

En ese momento ella salió de su ensimismamiento, como quien brota con los ojos en la mano de la espesura de un bosque. El aullido del cura por el altoparlante del campanario la había asustado. Su hombre todavía se encontraba ahí, menos mal, amarillo por un costado, rosado aterciopelado por el otro, enteramente a su lado y disponible aún para depositar en él todo su dispositivo de arrullos. Volteó a mirar y lo observó doblado encima de sus dos rodillas, dormido en vivo, y le empezó a acariciar sin permiso su pelo negro y liso, haciéndole caramelos y remolinos con la punta del dedo. ¿Hasta este momento ella en realidad dónde estaba? ¿Por qué razón el aullido del cura y la punta de su dedo le habían hecho restablecer el contacto? ¿Y por qué él, tan ausente de todo y a cada momento tan ensimismado, se metía ahora de aquella manera hacia la fronda donde ella se encontraba, precisamente, a través de ese dedo tan fino y delgado, que ni una lombriz? Desde el bar de enfrente, a grito herido, subía la música de los valses, los tangos y las milongas. Y al rato, cuando él ya se había recostado en su hombro, "ven aquí, ven yo te recojo", los dos escucharon nítida la voz de Gardel: "Me persigue implacable su boca que reía. / Acecha mis insomnios ese recuerdo cruel. / Mis propios ojos vieron cómo ella le ofrecía / el beso de sus labios / rojos como un clavel. Un viento de locura atravesó mi mente. / Deshecho de locura yo me quise vengar. / Mis manos se crisparon, mi pecho las contuvo, / su boca que reía yo no pude matar." Entonces, mientras él miraba hacia la pared del otro lado, la Leona dijo, casi sin querer:

—¿Y, ahora, qué vamos a hacer?

—Vamos a continuar hacia adelante —dijo Arturo. Yo he venido a lo que he venido y voy hasta el final por lo que me corresponde, no es hora de dar pasos atrás.

—Yo por mi parte me devuelvo ya mismo de aquí, te lo estoy diciendo de una vez —dijo ella.

Y le sacó el dedo del pelo y le dejó de acariciar la cabeza, para poner en evidencia todo el encanto pero también toda la contundencia de su poder. Arturo Rendón dejó de mirar la pared del otro lado y le clavó sus ojos:

—¿Me vas a abandonar?

—Yo a vos ni te acompaño ni te abandono, querido. Vos sos como una cosa sin sentimientos que vaga sola por el mundo.

—No te entiendo, chica, te juro que no te entiendo nada.

—Que vos estás demasiado triste como para que yo pueda acompañarte y es mejor que sigás solo.

Entonces él se puso de pie, y contra la luz del alba ella lo vio más blanco y puro. Pero éste no era el primero ni el último caso. Otros hombres había tenido en la concavidad de sus manos rapaces y éste no era el único ni el más llamado a hundirle la cara en el hojarascal. Y no por el motivo de su mala leche, que no la tenía, sino por causa de su a toda hora tristeza sin causa, de su desaliento y melancolía de época. Pero enseguida él caminó desnudo hasta el asiento y empezó a amarrarse la toalla alrededor de la cintura como para ir al baño a darse una ducha. Y la miró, desde el erial de suelos de arena donde sólo crecían zarzas, con sus grandes ojos negros:

—Estoy seguro de que las reliquias que tienen en ese museo de enfrente no son todas las reliquias que yo vi. Ahí falta casi todo.

Ella suspiró muy hondo, como si acabara de empezar a sufrir por el dolor de otro desengaño:

—Mientras yo hablo de una cosa vos me respondés con otra —dijo—. Ahí está la prueba.

—Anoche lo recordé todo —continuó él, como si nada.

—¡Todo! ¡Bahhh! —gritó la Leona, y también se puso de pie.

—Heriberto Franco se sacó más de cuatro sombreros y no sé cuántas bufandas. Anoche lo vi todo de nuevo. Abrió el féretro y varios baúles donde habían echado los sombreros y otras cosas. Ese malparido se apoderó de todo.

La Leona echó afuera todo su aire, como si se hubiera desinflado, y comenzó a darle vueltas a la pieza:

—Bueno, yo me devuelvo de aquí, voy ya mismo a empacar mis cosas —dijo, hablándole al aire.

—¡Coño!

—¡Cuál coño, hombre!

—¡Cómo que cuál coño!

—¡Bahhh!

Arturo Rendón pareció no escuchar nada. Y se marchó al baño a toda prisa para darse una ducha y todo lo demás. Desalmado, dándose contra todo. Sólo verlo daba frío. Sólo adivinar el tamaño de su soledad, de su capacidad de intimidad, daba escozor. Un hombre que ha conocido por una sola vez lo que es el tamaño de la soledad de quien se sabe obra de sí, pero al mismo tiempo se asume culpable y responsable de sí, es un hombre cuyos ojos ya son otros y han quedado instalados para siempre en lo moderno. Y el tango se había conseguido filtrar a través de aquella grieta de luz de época que la vida había abierto en el alma de Arturo Rendón, ahora enjabonado y muerto de frío, trastornado como había quedado por el relato de las letras de aquellas canciones que, sin serlo, parecían tan inofensivas. Y se frotó el pubis y las pelotas llenas de espuma y bajó a los tobillos y a las plantas de los pies y por un momento se detuvo en los dedos y en las uñas de esos mismos dedos, y se sonrió a causa de las cosquillas y del sinsentido de la existencia.

Las historias de caballería habían retrotraído a don Alonso Quijada a una temporalidad que ya no le pertenecía, con lo cual su pensamiento quedó perturbado y él instalado en el pasado, medio loco, combatiendo contra lo que ya no era y soñando con lo que había sido. En cambio, Arturo Rendón había sido arrancado por el relato del tango de su pasado de arriero de los caminos, para dejarlo instalado en el asombro de lo moderno, en su fascinación, pero también en la melancolía de sus destrozos. Resistiendo, refunfuñando sin ilusión, sin esperanza, sólo regodeándose en el alilado relato de la pena. El tango era una canción para solitarios asumidos, como él, valientes sufridores ostentosos de su valor de hombres heridos que permanecen de pie. Y eso era lo que Arturo Rendón intuía en su cuarto de baño, mientras terminaba de quitarse de encima la espuma del jabón y empezaba a frotarse con la toalla color zapote. La extrema religiosidad de su infancia lo había ensimismado y estaba todavía ahí, intacta, como una condición, él mismo no lo sabía, para que pudiera darse su paso a su nueva forma de soledad urbana, que oscilaba entre la religiosidad y el impacto del tango. La idea de la culpa cristiana lo había convertido desde niño en sujeto responsable de sí, alerta de sí, obra de sí, sufriente ufano, culpable de sí y autor único de su destino. Y lo había transformado en alguien capaz de fajarse en solitario consigo mismo ante la autoridad de una botella cuyo perturbador contenido exigía de su conciencia una permanente y actual vigilia. Cosa similar sentía que le ocurría ante la autoridad de la letra de esas canciones que le hablaban de sí, de su destino y de su historia, como nunca antes nadie lo había hecho. El pecado, la exaltación del sufrimiento, la culpa y el alto sentido del valor de la intimidad y la interioridad terminaron formando junto con el tango, dentro del alma de Arturo Rendón, una misma masa hecha de elementos dispersos pero complementarios. Todo lo cual daba sentido a su nueva manera de asumir el sufrimiento y la desesperanza de lo urbano, que él sentía sólo suyos y de nadie más. Participar emotivamente de la pena del sufriente de la mesa de al lado no consistía en entenderla con la razón sino en haber vivido esa misma pena, mirando a través de la propia ventana la luz de violetas que despedía el corazón de al lado. Y el tango, canción expresiva del sentimiento del nuevo tipo de solitario urbano que se acompaña de lejos, de la desesperanza asumida en grupo y del sufrimiento empáticamente compartido, le bañaba a él su alma con un perfume nuevo, urbano, que hasta entonces él no conocía. Y esa perturbación interior que el rústico arriero de los caminos había sufrido por causa del tango, era cosa que ni él ni ella estaban en condiciones de poderse explicar. Mucho menos cuando el mancebo empezaba ahora a canturrear bajo la ducha, limpio ya de jabón y hecho un nudo, cosa que ella ni se imaginaba.

Entre tanto, precisamente por no imaginárselo, la Leona había empezado a recoger sus cosas de encima del asiento y se ocupó en irlas introduciendo dentro de su pequeña maleta de fuelle. Apartó de allí el ajuar de su regreso, miró por largo rato la ropa sucia y se agachó a olfatearla. ¡Ay, Dios! Aquellas mechas del diablo olían a él, claro, a quién más. A su remanso, a su río sonoro, a su deliciosura, a su macaco malparido, tan ausente como lejano, y eso sí que no se lo merecía. Y por primera vez pensó que se estaba enamorando o algo parecido, pues tenía rabia y quería empezar a zapatear. Ella no sabía qué era lo que una mujer debía experimentar cuando estaba enamorada, pero lo que ahora sentía le bajaba al pubis y le sacaba hasta chispas. "El corazón se me ha caído a la altura del coño", se dijo, y volvió a olfatear la ropa. "Bueno, tranquila, mujer de Dios, por fortuna esto se lava y adiós María", dijo para consolarse. Enseguida enfundó su cuerpo en la camisola y salió hacia el baño. Se paró junto a la puerta y desde allí escuchó cantar a su hombre, que tiritaba: "...doliente y abatido mi vieja herida sangra. / Bebamos otro trago, que yo quiero olvidar. / Pero estas penas hondas de amor y desengaño / como las yerbas malas son duras de arrancar." Arturo Rendón se envolvió en la toalla haciendo con la garganta ruidos como de estar agobiado por el frío, en momentos en que ella empezaba de verdad a intrigarse por causa de la quejumbre de aquel hombre, de cuyo interior nada conocía, salvo la ternura de sus bienamadas caricias. "Cuando un hombre se entristece, es porque lo han entristecido y es mejor dejarlo así", se dijo. Luego gritó:

—¿Está muy fría el agua?

—¡Helada!

—¡Abrí rápido, hombre, que ya tengo la maleta lista!

—Ya hablaremos —dijo él, asomando la cara, que parecía otra.

Cuando la Leona regresó del baño él la estaba esperando, desnudo, y la tomó por completo en sus brazos. Ella se dejó arrastrar al camastro sin oponerse y se abandonó a la delicia de sus oprobios. "Es la despedida —pensó—, hagámosle entonces sin compasión." Y se fajó. Ella sabía muy bien llevar a cabo esta clase de cosas. No era sino cerrar los ojos, pensar en un caballo y hacerle con toda la fuerza. Hasta sentir abajo el estallido y contemplar la pólvora en el cielo, negro. Cosa que cerró, pensó, hizo por su cuenta, sintió y contempló. Y se le puso bastante blanco el ojo y echó hasta baba y el corazón dio los botes del caso en el bramadero. Todo muy bien, como sabía que debía ser. Y se dobló, tan desmadejada como solitaria. Éste era el placer que ella conocía como la palma de su mano, mas no el amor, del que nada sabía. Al rato se limpiaron con papeles que encontraron por ahí, junto a la jofaina, y se vistieron silbando, cada uno de nuevo por su cuenta, sinceramente, sin apoyarse para nada el uno en la mano del otro ni en la menor suerte de promesa. Sin detalles mutuos, que sin amor sobraban. Agarraron sus maletas y salieron. Fueron a la recepción, pagaron lo que debían y en la calle caminaron muy orondos y vieron por todas partes la luz de un sol diferente. La niebla era blanca y estaba quieta. La gente llevaba sombreros blancos y vestía blancos capotes de monte y se movía invisible por la plaza a causa de una neblina que se había agazapado allí desde el amanecer. Pasaron bueyes silenciosos cargados de bultos y otros que mugían sin carga y que iban de regreso. Y observaron las puertas de las edificaciones pintadas de fucsia, señaladas con dibujos de calaveras y cruces negras, pero vieron también otras puertas pintadas de azul intenso que no tenían aquellas señales de calaveras ni aquellas puñeteras cruces negras. En las esquinas y en las puertas entreabiertas y bajo los árboles de la plaza arropada por la neblina había gente que tiritaba en silencio. Gente que a cada rato suspiraba y se miraba las manos y estaba como a la espera de algo que iba a suceder. Al pasar por la puerta de una cacharrería, rumbo al mercado, donde despachaba la empresa en que debían tomar sus correspondientes berlinas separadas, Arturo Rendón arrastró por el brazo a su Leona y le dijo:

—Vení, que te quiero dejar de recuerdo alguna cosa.

Clavellina Lopera se quedó mirándolo, casi sin creer, perpleja. Su hombre, tan ausente, se veía ahora tan impecable con su sombrero, su camisa de rayas y su chaleco abotonado. Le apretó la mano, fuertemente, riachuelito de mi vida, pensó, y volvió a ajustarle el nudo de su corbata sin dejar de mirarle sus pestañosos ojos. "Ya era hora de algún detallito", murmuró bajo, y saltó de primera al vestíbulo de la cacharrería, como una cabra encima de una piedra. Sus pupilas bailaban rápidas y fluidas milongas por los escaparates y a través de las vitrinas. Nunca ningún hombre le había regalado nada en su vida. Le habían pagado su trabajo, eso era todo. Pero un pago es un pago y un obsequio es un obsequio. Y sin amor, qué maravilla. Cada gesto de ésos, ya fuera el uno, ya fuera el otro, tenía su lógica y ella desde niña había crecido con la esperanza de poder vivir algún día la intensidad espiritual de la diferencia. Y de inmediato pensó en una joya. "Este hombre es noble", se dijo. Los mejores zarcillos que había tenido los había perdido en un trance extraño, y con seguridad éste era el momento de pasar a reponerlos. De este modo la mañana le resultaba aún más radiante y ya no veía la niebla, que a pesar de todo persistía, ni recordaba las calaveras ni las cruces estampadas en las puertas bermejas, que ahí estaban para el que quisiera verlas.

Arturo Rendón se ubicó a su lado y empezó a mirar los precios, uno por uno. Y señalaba con su dedo los zarcillos más modestos, pero de inmediato ella subía los ojos y cambiaba nerviosamente de sombra a sol, indicando con ello que estaba eligiendo a su gusto, tal como debía ser y era su derecho merecido. Tenía conciencia de haberse desempeñado con lujo de detalles durante la noche anterior y de haber actuado como una profesional, hasta el punto de que las cobijas habían ido a parar casi a la ventana. Lo había hecho chillar como un cerdo, cuando sucedió lo de por detrás, él arrodillado sosteniendo la lámpara, porque le gustaba mirarlo todo. Y estando de lado lo había hecho gruñir y pelar los colmillos, y cuando hicieron la del pollo asado lo había oído relinchar a lo lejos, como queriéndose orinar. Y todo eso tenía su precio, válgame Dios. Hasta que señaló con la punta del dedo hacia el interior de la vitrina. Se trataba de un juego de aretes de fantasía adornado con piedras rojas. Al verlo, su baba se puso espesa y el corazón hizo tun-tun. Su mancebo era noble, qué mejor prueba, y estaba de lo más agradecido con la faena. ¡Qué cosa más linda! Y sin amor, sólo por agradecimiento. Eso se veía, se sentía en el aire. Ella por su parte había sido considerada, lo más que pudo. Y debido a esa consideración él podía empezar a respirar por fin más tranquilo. Y compraron los zarcillos. Entonces, para sacar a relucir todo el esplendor de sus orejas la Leona agitó su melena, hecha de un poderoso enredo de crespos castaños, y cambió contra el espejo sus aretes viejos por sus aretes nuevos. Salieron a la calle, él con la mano izquierda en el pecho, ella pavoneándose aunque ahora muy poco coja. Y se enrumbaron hacia la plaza del mercado. Luego se pusieron las palmas de la mano sobre sus párpados, en forma de visera, y desde donde estaban vieron en la distancia el cobertizo de la estación de las berlinas. Pasaron bajo el aviso de un granero que se llamaba "El Abasto", momento en el cual se detuvieron fugazmente:

—He decidido cambiar de idea —dijo ella—. Sigo con vos hasta Umbría y después hasta el fin del mundo, si así lo querés.

Arturo Rendón la miró a ella pero no dijo nada. "La tengo encoñada", pensó. Y desvió el gesto y tomó todo el aire que pudo, en cuanto pudo. Luego sonrió. Y qué sonrisa, como hacía tiempos no se daba el lujo. "La tengo rajada por el centro del pecho, es una lástima, pero el juego es el juego." Y mientras pensaba en este tipo de cosas, él mismo se ajustó el nudo de la corbata y continuó caminando en medio de la niebla, seguido de cerca por su Leona, que a estas alturas ni siquiera imaginaba los pensamientos de su mancebo. Llegaron a la estación de las berlinas y compraron pasajes hasta Caramanta. Media hora después empezaban a descender hacia un pequeño valle sembrado de árboles del pan y de bosques de nogales, a través del cual vieron pasar enjambres de abejas que parecían palomas, y vieron un río de aguas verdes atravesar por el centro de aquel valle sembrado de pajonales amarillos. Enseguida subieron a un picacho donde parecía estar cayendo siempre un fino cedazo de escarcha y donde sólo se veían frailejones dispersos y árboles cuyos troncos estaban cubiertos de musgos que de tanto verlos se veían azules. Únicamente en ese momento Arturo Rendón abrió su boca:

—Con una misma maleta uno puede echar para atrás o seguir para adelante —dijo.

—No jodás que tengo sueño —repuso la Leona, y se recostó sobre el hombro de su compañero de ruta y estiró ambas piernas hasta donde más pudo y se entregó al viaje.

—Dormíte tranquila.

Pasaron por un cañón donde el aire era negro y donde la niebla se colaba por las ventanillas y cubría de escarcha no sólo la cabellera sino las pestañas de los pasajeros. El conductor era un gordo de pelo cortado al rape que se sonaba la nariz con la mano y luego se limpiaba la mano con el pantalón y enseguida el pantalón con un dulceabrigo rojo y, finalmente, el trapo en el aire con un soplo. De la barranca colgaban moras silvestres cuyas ramas espinosas pasaban rasantes, y hacia el abismo se veían aves gigantescas que muchos dijeron debían ser por lo menos cóndores. La Leona respiraba acezante contra el hombro de su Gardelito, como ella a veces le decía, y hacía rato que no le acariciaba su pelo para hacerle caramelos ni le ajustaba el nudo de su corbata. Ahora soñaba con algo parecido a un porvenir mejor, no sabía por qué ni sobre qué clase de fundamentos, y se arrepentía de parte de lo mucho y muy torcido que había hecho en su vida. Sobre todo de aquellas cosas que la habían puesto en la orilla de la cárcel en tres oportunidades, sin haberlo siquiera imaginado. Esto había sido por los parajes de Angelópolis, de donde había huido porque al final un hombre perjudicado con sus libertades y holganzas la había estado buscando con su hacha para dejarla convertida en una muñeca de basurero.

De repente llegaron a un caserío de sólo una manzana en cuadro y dos callecitas alargadas por donde apenas se entraba y se salía, que tenía once edificaciones mal contadas que habían sido quemadas en redondo del marco de la plaza. El asunto estaba reciente. En las tablas de las puertas incendiadas que habían logrado sobrevivir al desastre se alcanzaban a observar las señales de las calaveras y las cruces trazadas con pinturas azules. Aquello parecía toda una cuidadosa metodología, especie de santo y seña del horror. El griterío de los vendedores despertó a la Leona y la sacó del letargo, pero al abrir sus ojos ella vio, al igual que su hombre, el último humo de las casas quemadas y pensó que sólo era niebla. Se frotó los ojos y dijo:

—¿Ya llegamos, querido?

—Vamos apenas por la mitad del camino —respondió Arturo Rendón—, pero a partir de este momento empieza lo más grave.

—Estaba soñando fabuloso.

—Yo en cambio me la he pasado despierto, pero con seguridad que la diferencia no ha sido mucha.

—¡Lo han quemado todo! —murmuró ella en su oído—. ¡Mirá eso!

—Apenas una parte, pero no digás nada. Mirá para adelante y hacéte la que no estás sintiendo.

La berlina echó una vaharada de humo, bajó dos pasajeros y subió cinco y al rato empezó a escalar hacia Caramanta, a través de un camino erizado de piedras negras donde las llantas chirriaban y el motor lanzaba sus quejas. De repente, Arturo Rendón se quedó mirando un barranco del color de los azafranes, de cuyo picacho caían raíces de helechos y hojas secas.

—¿Viste algo raro? —preguntó ella, torciendo la nuca.

—Acabo de ver el lugar por donde pasé hace quince años —dijo Arturo Rendón.

—Yo no vi nada ni sé cómo es eso.

—Antes hubo allí un campamento y una posada de arrieros. Estuve durmiendo bajo aquellos madroñales.

La Leona miró con nostalgia ajena las oscuras plantaciones que se extendían a lo largo de la ruta, por donde la berlina acababa de internarse. Mientras tanto, Arturo Rendón dejaba filtrar a su recuerdo las imágenes de la noche en que acamparon en aquel mismo paraje, por donde ahora transitaban, y se habían tumbado a dormir y a mirar las estrellas, junto al féretro.

—Me gustan los madroños —dijo ella.

—A las mulas también.

—Dejá la joda, querido, dejá ya la joda conmigo.

—No te estoy jodiendo, es la verdad.

—No sé a qué viene eso —dijo ella, retirándose un poco.

—Bolívar y Alondra Manuela se alimentaron de maíz y madroños durante la travesía, qué más puedo decir.

—¿Quiénes?

—Las mulas de Gardel.

—¿Las mulas de Gardel?

—Daría la molleja por volver a verlas.

—Vos sos demasiado raro, lo que se te ocurre.

—Y vos no entendés ni poquito.

—Ya habrán muerto, hombre.

—He sabido que no, y voy a lo que voy.

—¿Están en Umbría?

—Quizás sí, tal vez no, ésa es cosa que ya lo veremos. Un animal de ésos es de donde le pongan la jáquima, vos sabés.

La berlina hizo una parada intempestiva junto a una piedra enorme, donde alguien agitaba un pañolón, y subió una mujer de moña en la nuca que tenía la nariz quebrada como la de una bruja y que llevaba una falda de pepas verdes y una escoba de rama en la mano, de donde parecía haberse desmontado. Se despidió de un anciano y dos jóvenes que la acompañaban y todos voltearon a mirar hacia atrás y los vieron cuando desaparecían entre la polvareda. Desde que puso su pie en el estribo la mujer empezó a hablar, y no dejó de hacerlo hasta que el motorista le subió el volumen a su radio y de él empezaron a brotar ruidos que sepultaban las lejanísimas voces de los locutores y que parecían truenos sulfurosos. La mujer no quería dejar de hablar acerca de una masacre ocurrida en la vereda conocida como "El Santo Sepulcro", donde ella había visto cadáveres sin cabeza, hachas ensangrentadas clavadas en los troncos de los sietecueros y los matarratones y niños abiertos por el vientre a quienes los facinerosos del chusmaje habían mordisqueado parte considerable de su corazón.

Hasta que comenzó a oscurecer y aparecieron a lo lejos las primeras luces de Caramanta.

10

Arturo Rendón y Heriberto Franco se habían estado mirando con recelo de la nariz hacia abajo desde la noche en que acamparon por primera vez, como queriendo no tener que hablar de lo que ambos ya tenían suficiente conocimiento. Fueron hasta la espesura, siempre a una distancia prudente de cuatro pasos, y allí orinaron hacia el esplendor de la noche y encendieron en la oscuridad los cigarros de marcharse a dormir. Bebieron agua doblándose sobre el manantial y ambos empezaron a limpiarse la luz carnosa de sus dientes con espinas de chonta. Caminaron hasta el refugio, en silencio, se enfundaron en sus capotes de monte, como les era habitual, se quitaron las botas, se echaron las cobijas encima y se reclinaron sobre lechos y almohadones de paja seca que encontraron abandonados en algunos camastros de madera dentro de la posada, que ya no tenía ni puertas ni ventanas. Se trataba de un refugio construido por antiguos mineros que habiendo arañado la veta hasta verla agotada se habían alzado con sus picos y sus carretas rumbo a Marmato. Y así reclinados, mirando el cielo de la posada que ahora era un plano lleno de rotos y tejidos de arañas, permanecieron por más de media hora, carraspeando y luego fumando, fumando y enseguida carraspeando de nuevo, mientras Gómez Tirado se llenaba de soledad observando el abismo por donde él creía que corría el Cauca, en ese entonces todavía un río sin sangre y sin cuerpos y pedazos de carne a la deriva. Se oyó entre la arboleda el chillido de una gallinaciega y Heriberto Franco dijo:

—Ya van siendo las nueve, hermano, es hora de voltearse a dormir.

—Lo que he visto en el pasado no me deja dormir —dijo de inmediato Arturo Rendón—. Ni creás.

Heriberto Franco quedó de una vez sentado:

—¿Y qué es lo que tanto has visto, ah? Decímelo de una vez.

—Vi lo de los sombreros y todo lo demás.

—No entiendo, cariño.

—Hacéte el loco.

—¿Y me vas a chivatear por eso?

—No soy de ésos. Pero no sabía que vos tenías esa clase de alma, ese estilo tan torcido.

—No te entiendo.

—Los cadáveres se respetan, primor.

Sentado, Heriberto Franco cruzó ambas piernas, ya un poco más tranquilo:

—Entendámonos, hermano —dijo—. Esos sombreros y esas bufandas que vienen en el féretro y en los baúles de todos modos se iban a perder entre la podredumbre, allá en Buenos Aires.

—Ésa no es la cuestión —repuso Arturo Rendón.

—Pues, para mí, ésa sí es toda la cuestión. Las cosas deben prestar algún servicio antes de hacerse polvo de una manera tan inútil.

—¿Y qué contiene al fin ese féretro?

—Ahí está el cadáver, ciertamente.

—¡No me vas a decir que lo viste!

—Ahí está, te lo digo.

Hubo un largo silencio. Momento que los arrieros aprovecharon para encender otros dos nuevos cigarros, no fuera que el corazón saliera ya mismo dando botes por entre los nidos de palmas de macana. En el ínterin cantó una lechuza y el olor de las cortezas de los cedros y el capote del suelo pobló el bosque.

—¿Y, cómo está? —preguntó Arturo Rendón.

—Envuelto.

—¿Acaso lo viste?

—Vi sólo el envoltorio.

—Lo que hiciste fue una profanación.

—No he tocado para nada el cadáver.

—Pero le has faltado al respeto.

—Un cadáver es sólo un cadáver, langaruto, yo no sé qué es lo que vos le ves de más.

—Desde el mismo momento de haber sido depositado en su caja, el cadáver entra en su nueva morada.

—La caja no es morada de nadie, yo no lo veo así —dijo Heriberto—. En el ataúd yo sólo veo una caja de muerto y no tengo por qué ver una habitación, una morada o algo por el estilo.

—Para mí la caja se vuelve sagrada desde el mismo momento en que recibe el cadáver.

—Nada es sagrado.

—¿Ni siquiera el cadáver?

Heriberto Franco se recostó de nuevo:

—Entendámonos, mono, no seás tan simbólico. Esos sombreros y esas bufandas de todos modos se iban a volver polvo.

—Me tiene sin cuidado, eran del muerto.

—Pero iban a ir a parar al cementerio. ¿Por qué, entonces, no aprovecharlas en vida?

—Me aflige ese argumento, vos sos un descarado.

—Algún día te daré tu parte —dijo Heriberto, levantando la punta de su dedo.

Arturo Rendón empezó a rascarse las plantas de los pies:

—¿Sacaste de ahí sólo sombreros y bufandas?

—Sólo dos sombreros y una bufanda.

—¿Completos?

—Completos.

—Mentís, yo vi bastante más.

—Bueno, digamos que tres sombreros y dos bufandas, ahora sí eso fue todo.

—¿Acaso te metiste con el cadáver?

—Lo dejé como estaba.

—¿Lo tasajeaste?

—¡Comé mierda!

Arturo Rendón se sentó, abriendo por completo sus dos ojos:

—Heriberto Franco, te estoy mirando, juro por mi madre que vi algo más.

—Vos no viste nada y ya me estoy aburriendo con este asunto. Estas calumnias hacen daño.

—Vi un cuchillo en tu mano.

—Un cuchillo lo tiene cualquiera, eso no quiere decir nada.

—Pero no de ese modo y con semejante afán de loco ni con ambas manos entrando y saliendo del féretro, encarnizadas.

—¿Qué sugerís entonces? —preguntó Heriberto Franco.

Y se sentó de una vez en el borde del colchón de paja y comenzó a patear sus botas.

—No sugiero nada, pero el raponazo de un sombrero y una bufanda no producen tanta culpa como para dejarlo a uno tan amoratado en esta vida, tal como ahora estás vos.

En ese estado de su recuerdo se encontraba la mente de Arturo Rendón cuando trepó a la berlina la mujer de nariz de bruja con su verruga. Y cuando, poco después, el motorista le subió el volumen al aparato de radio y comenzaron a salir ruidos que parecían truenos. Y fue en ese momento cuando aparecieron en la distancia las primeras imágenes de Caramanta y él debió retornar de inmediato a la realidad.

11

Se alojaron en un hotelito para viajeros que atendía en los palomares elevados de la empresa de transportes donde finalmente vino a estacionar la berlina después de dar varios tumbos. Arturo Rendón y su Leona habían quedado aturdidos. Viendo cosas que en realidad no eran y escuchando gemidos que ya se habían apagado desde hacía varios años. Se quitaron el polvo de la cara y de las orejas con una toalla húmeda y se estuvieron pasando el cepillo por el pelo, largamente. Y más tarde fueron a sentarse ante la ventana en un mismo asiento de vaqueta, durante casi una hora, mirando en silencio los escaños del parque. Y desde allí observaron, cada uno a su modo y casi dándose la espalda, los escasos acontecimientos que ocurrían en el mundo exterior. El parque estaba vacío, pero de vez en cuando alguien pasaba corriendo para enseguida desvanecerse en la oscuridad. Hasta que vieron aparecer un jinete que venía envuelto en un negro capote de monte. Luego de hacer relinchar su cabalgadura en el yerbal de la esquina lo observaron galopar hasta el café, lo vieron apearse y en seguida caminar arrastrando sus zamarras hasta la primera mesa, donde se sentó después de asegurar la punta del cabestro a la pata de su asiento.

Desde donde estaba Arturo Rendón no se perdía el más mínimo detalle, pero aun así se lo veía ensimismado, tapiado, cabalgando él mismo demasiado lejos de este mundo. Luciendo un gran frío en sus pupilas y con mucha vestimenta vieja colgando de sus hombros, dedicando tardes enteras al recuerdo. Alimentación de solitario, la suya, hierbas de entristecido, traerlo para acá de regreso parecía tarea imposible. Ella veía que a veces él conseguía fijar sus ojos en todo aquello que ocurría en el parque iluminado, pero a pesar de este aparente interés por los sucesos del mundo le seguía notando una mirada vidriosa y lo sentía cada vez más cerca de sí y lejos de la realidad que hasta ahora lo sostenía. El progresivo ensimismamiento en que se había precipitado Arturo Rendón de un día para otro tenía desconcertada a Clavellina. Ella no sabía qué hacer con él. Tampoco sabía qué decir. Y supuso que lo mejor por ahora sería callar. En realidad nunca había sido medrosa, mucho menos calculadora, pero ahora temblaba a causa de la incertidumbre y tenía algo de miedo. Jamás había conocido a un mancebo de aquellas condiciones, asomado de esa manera tan aterradora al despeñadero de sí mismo. La pobre sabía batirse con los hombres en franca lid, con el estilo de una rústica leona, pero hasta ahora siempre en otro terreno y con otra clase de mandriles. A más de uno había tenido que enfrentar con todas las de la ley y con no escasas consecuencias. Y entonces sentía que de pronto la embriagaba su fama de mujer dura justamente ganada en la refriega, todo lo cual le permitía olvidar su cojera y transformar su agresividad en una especie de soberanía que tenía por fundamento la jurisdicción de su territorio cultural amenazado. Sin habérselo siquiera propuesto, había donado su nombre a la calle del prostíbulo donde hasta hace poco trabajaba, en Pintada. "La calle de la Leona", decían por ahí, y al escuchar aquello Clavellina se pavoneaba montada en la rama como un papagayo. Sabía usar como nadie la barbera y era diestra en el puñal, y no pasaban tres meses sin que armara una trifulca para que las circunstancias de la vida le permitieran poner en práctica lo más granado de su sabiduría. Pero aquel espectáculo de un hombre roído por el silencio, peregrinando por las cordilleras tras los restos de un cadáver, era algo que la tenía atolondrada. ¡Y con semejante figura! Pero lo peor de todo era que no entendía nada. Si al menos entendiera alguna cosa, pensaba.

Así que no tuvo más remedio que venir a sentarse en el mismo asiento, junto a su hombre, tan agradecida como había quedado a causa del gesto de los zarcillos. Y se puso a contemplar la penumbra del parque, del mismo modo como su hombre lo había empezado a hacer, y de pronto le fascinó ese extraño silencio suyo junto a él. Jamás en la vida había practicado cosa semejante. Y miró la penumbra, imitando su mirada, y quiso ver lo que tanto él parecía estar descifrando en el horizonte, pero no vio absolutamente nada que valiera la pena. Entonces empezó a carcajearse. Brincaba de la risa y se agarraba el estómago con ambas manos. Cuando pudo, dijo:

—¡Parecemos unos locos de la puta mierda!

Pero él no quiso ni siquiera mirarla, aunque salió ligeramente de su quietud y cambió de posición en el asiento, lentamente, como si lo estuviera haciendo por absoluta determinación propia y no por lo que ella pudiera haber dicho. Y estiró un poco ambas piernas y pareció de pronto haberla mirado, pero aun así estaba demasiado lejos de cualquier posibilidad de comprenderla en su actual consideración. Y aunque pudo escucharla a lo lejos se quedó tan quieto como estaba, distraído en trazar dibujos con su dedo índice en el vaho de la ventana. Pasó así un largo rato antes de que él retirara su frente de la vidriera:

—Sí, parecemos locos, tenés razón —dijo.

Ella fue hasta la maleta, trajo consigo el cepillo y empezó a peinar a su hombre.

—Tengo mucha hambre —le dijo al oído—, vamos a comer cualquier cosa.

—Vengo a lo que vengo —dijo él por su parte—, cada quien recoge sus pasos como puede.

Ella lo sacudió:

—Te estoy hablando de una cosa y vos me salís con otra, qué te pasa.

—Perdonáme.

—Vamos a comer de una vez, hombre, antes de que cierren los establecimientos.

—Está bien, vamos —dijo él, poniéndose el sombrero encima del cabello que ella le acababa de peinar.

Comieron carne asada con guarnición y bebieron en silencio jugo de cascos de guanábana. Y miraron absortos los muros iluminados con dibujos y láminas pintadas y vieron que había arriba un abanico y sintieron circular en redondo el aire por encima de sus cabezas. Y después fueron al parque y tomaron asiento en un escaño y desde allí estuvieron contemplando la ventana de luz apagada y cortinas semiabiertas desde donde antes habían estado dedicados a observar la marcha del mundo. Y allí, sentados en el parque solitario, fueron perdiendo poco a poco la desconfianza y el miedo.

Observado desde la ventana de su aposento, el parque les había parecido un lugar bastante siniestro, y bajar hasta sus prados y jardines les había infundido no sólo desconfianza sino un poderoso temor. Pero al introducirse, como ahora, en el favor de sus senderos, para percibir de cerca la ráfaga de sus prados y empezar a recorrerlo hasta casi tocar la floración de las bifloras y las dalias, y de paso poder acariciar con la palma de la mano el espaldar de los escaños y quedar en condiciones de escuchar incluso las propias pisadas en el empedrado, aquello les pareció de pronto tan fascinante como inofensivo.

—Quiero un aguardiente ahora mismo —dijo ella—, te juro que es por mi bien.

—¡Eso sí que es hablar!

—Me gusta que nos vamos entendiendo de una vez, mi querido Gardelito. Y no me mirés de ese modo, que estás que te caés de lo muy lindo que te estás viendo entre la sombra.

—Si querés que te lo diga, no me gusta que me digás así.

—Melindres tuyos, vos sos más lindo todavía.

Arturo Rendón juntó su dedo pulgar con su dedo índice y así unidos los llevó hasta el filo del ala de su sombrero. Luego miró por última vez hacia la ventana de su aposento:

—Vamos de una vez a beber —dijo.

Pasaron cerca de la cabalgadura que tenía sus dos patas delanteras encaramadas en la acera, cuyas ancas redondas y cubiertas de sudor seco él acarició. Pasaron sobre el cabestro extendido en leves vueltas y entraron al café y fueron a sentarse en una de las mesas del fondo. Aguardiente para él y brandy para ella. Y la Leona aprovechó para espolvorear toda su cabellera encima de sus hombros, como nunca antes, y vio cuando él se despojó de su sombrero y experimentó de nuevo aquella inmensa felicidad que la embriagaba cuando era atendida por otra mujer en la mesa de un bar. Y en seguida caminó con desenvoltura hasta el aparato de la música, y de pronto todo fue tan natural y familiar para ella, como si estuviera contoneándose en las dehesas de su propia casa. Quería sólo beber unas cuantas copas, civilizadamente y sin armar camorra, tanto como escuchar con atención la música que brotaba del moderno aparato, con todo lo cual sentía que sin querer se le arrugaba el espíritu y su coño se ponía negro y se vestía de luto. Y fue apenas entonces cuando escuchó: "Quiero emborrachar mi corazón para apagar un loco amor que más que amor es un sufrir. Y aquí vengo para eso, a borrar antiguos besos en los besos de otra boca..."

—"Nostalgia" —murmuró él.

—Ésa no la puse yo —dijo ella—, por eso tan triste no respondo.

—No importa, es de Cadícamo.

—De los autores de las letras no sé nada ni me importa, pero admiro tu sabiduría.

—En realidad que no hace falta saber nada, lo importante es sentir.

—¡Salud! —dijo ella, levantando su copa.

—Quién sabe cómo andarán las cosas por Umbría.

—Que sea lo que sea, peor no puede ser.

—Sí, chica, ya te dije muy claro que voy sólo a lo que voy.

Y se bebieron las copas que estaban servidas en su temblor de espera y con el tiempo muchas otras más. Hasta que empezaron a ponerse habladores y a pasarse las palmas de las manos por encima de sus carnes y sus ropas, llenas de hilos y de grietas. La copera que los atendía no salía de su asombro con lo que desde hacía rato estaba observando. Y venía hasta la mesa de la extraña pareja a cada instante, invocando banales pretextos y como atraída por un poderoso imán. Se hacía encender cigarrillos de las manos de Arturo, cuyos dedos tocaba fugazmente, daba vueltas en redondo y de paso le lanzaba a él unas miradas de loca intrigada que la Leona no tardó en detectar. Al principio el asunto no le molestó del todo, pues una mujer a la que le pretenden su hombre no deja de sentir por ello un cierto halago. Pero las cosas avanzaban de manera demasiado preocupante. Y aunque Clavellina se cuidaba muy bien de dejar demarcado su territorio a cada rato y de espolvorear con calculada frecuencia su melena en señal de necrótica advertencia, la Leona no estaba muy segura de que su Gardelito tuviera a estas alturas suficientes arrestos como para resistir aquel asedio. El asunto había entonces que cortarlo ya mismo de raíz o habría de derivar en un cruce de barberazos. "Todos los hombres son débiles, y encima de débiles, putos", reflexionó la Leona, muy sabiamente, recordando el peso de sus propias experiencias.

Hasta que de pronto ocurrió que la Leona perdió todo control sobre la situación y empezó a beber una

copa enseguida de la otra y a pronunciar palabras in-
directas y amenazas abstractas que en justicia a nadie
pertenecían, aunque tuvieran un claro destinatario. Y
sin darse cuenta comenzó a abandonar su territorio de
mujer atendida para pasar a convertirse de nuevo en la
rústica copera que había sido desde niña. Y como al
toro por los pitones, de inmediato la Leona se dedicó a
buscarle coloquio a la lujuriosa, como si no se estuviera dando cuenta de nada y los celos no fueran el pan
con que ella se comiera los restos de los hombres y al
final rebañara lo mejor de su perfume. Le pasaba su
mano engalanada de anillos y cicatrices por encima de
su hombro y a poco entró con ella en una serie de con-
fidencias y comercios que no hicieron sino agravar
y caldear aún más la situación, pues la verdad era que
cada que veía el pescuezo de su contrincante le daban
ganas de dejarlo como para enviarlo a un costurero.
Entre tanto, Arturo Rendón se hacía el Gardelito, fría-
mente desentendido, aunque a veces, cuando la Leona
iba al sanitario, se dedicaba a canturrear en solitario
la letra de los tangos y los valses, casi en la oreja de la
lujuriosa, y se quitaba y se ponía el sombrero ante sus
ojos y exhibía lo mejor de su sonrisa y de su pelo barrido
hacia atrás y peinado como con una plancha untada
de grasa para embellecer botas de militares del Sur o de
la costa oriental.

De retorno una vez más de los lados del sanitario,
donde la Leona se había introducido todo el dedo hasta vomitar y sentirse mejor, se acercó hasta la oreja de
su hombre y le dijo:

—Ve, hijueputa, allá atrás han abierto otro museo.
Andá mirá el sombrero y la bufanda completa del que
sabemos.

—¿Qué me decís?

—Dije lo que dije, andá mirá, vos estás loco.

Arturo Rendón se puso de pie y se fue a confirmar la
noticia. Y vio lo que no hubiera querido nunca ver:
además de las reliquias habituales, en el altar estaban

exhibiendo un zapato quemado, un reloj, dos molares y un retorcido clavijero de guitarra. Había allí, además, al lado del relicario y colgando de los muros, fotografías sepiadas del Café Tortoni, El Molino, el Armenonville y el O'Rondeman, aquel cafetín de los Traverso del que tanto había oído hablar. Allí el Francesito Gardés de la primera niñez, precisamente, se habría de empezar a hacer llamar Gardel, Morocho cantor del Abasto. Y pudo también ver él los rostros dibujados a lápiz de María la Vasca y la Moreira, y un paso de baile del Cachafaz, congelado y cortado en una especie de silueta tijereteada en el aire prostibulario, estilo canyengue. Más abajo observó una fotografía en perspectiva de la calle Guardia Vieja, entre Jean Jaurés y Anchorena, tomada muy seguramente al caer la tarde de un día de otoño ya muy frío, pues la gente se veía protegida con sus sombreros oscuros y sus abrigos abotonados hasta el cuello, paseando entre graneros, cafetines y almacenes. Y vio los organilleros en las veredas y los compadritos bailando. Escuchó los músicos en las esquinas y el griterío de los cantores, el lejano encanto de los tocadores de peine y los flautistas de oreja. Vio pasar gente de circo, guitarristas y comparsas de sainetes y zarzuelas. Volteó la cabeza y observó, un poco más abajo, una fotografía extraña: un viejo tipógrafo francés, decía allí, un tal Esteban Capot, posando en momentos en que le impartía al Francesito las primeras nociones de guitarra. El Francesito, aún no el Morocho, con su delantal de cuadritos y muy bien peinado, imitando a Caruso en la fonda El Pajarito, por entonces apenas entonando canzonetas. Y poco a poco fue viendo, como salidas de un sueño mural, las imágenes suburbanas de las curtiembres de Barracas, Corrales Viejos y Mataderos. Y escuchó el sonido de las carretas que venían de la región del norte, llegando hasta el Retiro, en Recoleta, y por el otro costado los carruajes de Luján entrando a Miserere, como en el relato de Pedro Orgambide, varias décadas después.

Todo esto decía allí, escrito en los casi borrados subtítulos al pie de las fotografías y dibujos, y Arturo Rendón se quedó con la boca abierta y como encantado ante el oprobio de semejante esplendor. Nunca había visto a Gardel tal y como lo acababa de ver, tan vivo, tan real, pero tan adherido a los muros de aquel café de Caramanta, como en una extraña transustanciación. Ahí estaba, agarrado a las barandillas de los barcos y junto a Imperio Argentina en *Espérame* y en *Melodía de arrabal*. Lo había visto también en *Cuesta abajo*, al lado de la Mona Maris. No podía olvidar las imágenes de *El día que me quieras*, junto a Gabriela Carmen Victoria Viñolas Moreno de Soer. Y lo recordó en *Tango Bar*, su última película, al lado de Susana Duller y Carmen Rodríguez. Todo esto estaba allí escrito, y su memoria lo ratificaba.

Arturo Rendón había dejado de ser entonces el arriero que recorría los caminos, acampando con sus cabalgaduras bajo los negros madroñales. Ahora era un nuevo habitante de la ciudad, que iba al cinematógrafo y a través de los actores sentía que se estaba observando a sí mismo, como si parpadeara ante un espejo. Y salía del cinematógrafo y regresaba a los bares, con su espíritu enfrentado al miedo de tener que volver a su aposento en solitario de la vecindad donde vivía. A todo lo cual debía sumar la pesadumbre de sus culpas ante la contemplación de las imágenes de los mártires inocentes atravesados de puñales, flechas y espinas. Un hombre ensimismado, en consecuencia, absorto ante la contemplación de su propio proceso interior, colocado de esta manera a las puertas del tango. Extraña mezcla a lo largo de medio país andino. Entonces, mientras caminaba por la calle, con su sombrero y su peinado, sentía que él a veces era Carlos Acosta, a veces Alberto Bazán, Julio Quiroga o Ricardo Fuentes. Y recordó a su mujer originaria y pensó que aún la veía venir por la ventana el día que ella escapó para siempre con su guitarrista. Y la adivinó feliz por las calles de Marmato y llena de oro en los dedos y de brazaletes ostentosos que el viento hacía tintinear en sus antebrazos. Y miró a los lados y vio los muros reales llenos de fotografías y de recuerdos y sintió que no podía más y se fue al sanitario a llorar a solas, como un varón.

Al rato de gimotear volvió a la mesa pero encontró que su Leona ya no estaba. En su lugar se había instalado desde hacía rato la lujuriosa, ya medio ebria. La chica no dejaba de mirarse con insistencia en un espejito que le cabía en la mitad de la palma de su mano.

—¿Y aquélla, qué se hizo?

—Se marchó verraqueando —dijo, medio dormida pero a todas luces ya muy triunfal.

—¡Ay, Dios! —exclamó él.

A pesar de todo Arturo Rendón tuvo el valor de escuchar en solitario casi una docena de canciones más. Visiblemente atolondrado y abrazado ahora a la lujuriosa, que aunque peregrinaba de mesa en mesa siempre estaba de regreso muy pronto. Y se bogó él solo media botella de aguardiente. En realidad, su cabeza estaba en otra parte y en estas condiciones no se le podía pedir demasiado. Pagó su cuenta, se deshizo como pudo de la mujer y se marchó a dormir, dejándola hecha un solo tambaleo en el marco de la puerta. Pasó junto a la cabalgadura y volvió a acariciar sus ancas. Desde el centro del parque estuvo mirando, indeciso, hacia la ventana de su aposento y vio allí la luz encendida. Y, contra el resplandor y la sombra, observó a una figura humana que iba y venía de una pared a la otra, pasando en instantes de lo visible a lo invisible. Y en ese momento no supo si aquello era del todo bueno o del todo malo.

12

Entró a su aposento y ella lo estaba esperando sentada en el borde del camastro. Ni lo miró. Arturo Rendón volvió a salir al pasadizo, fue hasta el sanitario y orinó con la fuerza de un caballo. La Leona aprovechó para ocultar su navaja bajo las cobijas y se quedó mirando fijamente las paredes rosadas. Cuando él estuvo de regreso puso el picaporte, dio un traspié y fue hasta el asiento, que ella había retirado de la ventana y puesto junto a la mesa. Cerró la cortina, y por la hendija transparente miró por última vez hacia el parque y vio la cabalgadura envuelta por la niebla en la puerta del bar y desde allí, lejanamente, escuchó las estrofas finales de aquella canción que para él era como otro espejo: "...todas, amigos, dan muy mal pago, y hoy mi experiencia lo puede afirmar. Siga un consejo, no se enamore y si una vuelta le toca hocicar, fuerza, canejo, sufra y no llore, que un hombre macho no debe llorar." Entonces creyó ver cuando alguien, en carrera, atravesaba el parque bajo la espesura de los almendros y se escabullía por la esquina del costado izquierdo. Luego Arturo empezó a desvestirse, cabizbajo. Primero el sombrero, que puso encima de su maleta; después el saco y la corbata, que colgó en el espaldar del asiento; enseguida se sentó y se quitó los zapatos, y allí sentado se deshizo de la camisa y de los pantalones. "¡Ufff!", dijo para sí, mirando hacia el piso. Ella aprovechó para echar un rápido vistazo a su navaja y para al mismo tiempo mirarlo de frente, pero él estaba abatido en el asiento y con los brazos colgando, respirando agitado, enfundado todavía en su camiseta interior, los calzoncillos y las medias grises. Ella lo miró de nuevo y tuvo por él una cierta compasión, antes de pasar a asesinarlo. "Este hombre me mata", pensó. Estaba ligeramente despeinado para morir y parecía que se fuera de una vez a quedar dormido. Y desde el lugar donde lo veía, abatido y como un niño, él parecía mucho más una pieza del museo de cera que un hombre de verdad.

Pasado un rato Arturo Rendón estuvo a punto de caerse del asiento y despertó en el aire. Ella seguía allí, vigilante de todos sus movimientos y aleteos, casi en la misma posición de antes y atrapada en la elaboración final de su negro pensamiento. Le veía la sombra, le veía su cuerpo casi desnudo, le veía la infamia que le atribuía. Pero ahora su navaja había ido a parar oculta entre su ropa, que la Leona se había quitado inexplicablemente y arrumado en el suelo encima de sus zapatos y junto al camastro mientras él cabeceaba, ya un poco más tranquila y menos sanguinaria aunque todavía bastante decidida. Arturo Rendón se incorporó, abrió y cerró varias veces sus ojos y se puso de pie. Y comenzó a caminar y vino a sentarse junto a ella, que en el acto empezó a olfatearlo.

—¡Venís oliendo a puta! —gruñó.

—No hice nada para merecerlo —dijo él.

—Oléte, oléte vos mismo.

—Las mujeres contagian a los hombres de lo poco o de lo mucho que ofrecen.

—Si continuás hablando así, juro que te mato, malparido.

—Gracias mil.

Arturo Rendón hablaba con sus ojos cerrados, hermético. Y lo hacía raspando las paredes como a través de las grietas de un muro en la noche. Entonces la Leona se puso de pie, dio varias vueltas en redondo del aposento y al momento regresó donde antes estaba, junto a su hombre. Luego habló así, lentamente:

—El asunto concreto fue que me dejaste tirada por otra, me dejaste abandonada en la vía como si fuera una plasta.

—Durmámonos, chica.

—¡Ni por el putas!

—Mañana podríamos hablar con más calma, mirá cómo estoy.

—Te estoy diciendo que ni por el putas, esto lo aclaramos de una vez, miráme a los ojos, miráme a mí, miráme si podés.

Arturo Rendón se tambaleó, abrió sus párpados y asomó la parte más importante de su rostro a través de aquella grieta. Estaba feo, desprovisto ahora de sus mejores encantos. Seguía ausente, pero aun así era capaz de mirarla al menos por la mitad, lo que se dice un buen pedazo.

—¿Quién fue al fin la que se vino? —preguntó él.

—Tuve motivo.

—¿Pero entonces quién fue la que dejó a quién?

La Leona arrugó la nariz, movió los bigotes y miró de reojo el montón de ropa bajo el cual había ocultado su navaja:

—¡Estás apestando a puta, me voy a morirrrr!

—La única puta responsable de este perfume es la que ahora tengo a mi derecha.

Clavellina Lopera sintió en el acto cuando el chuzo emponzoñado penetró por la base de su estómago. Entonces dio un brinco, agarró su nena por la cacha y le soltó a su hombre un navajazo en la jurisdicción de la nuca, que pasó zumbando pero que era como para llevárselo. El lance dio apenas parcialmente en el blanco, puesto que en el instante él interpuso su brazo, como pudo, la tomó enérgicamente, le dobló el codo contra la cama de modo que pudiera hacerla chillar y le torció la muñeca hasta conseguir que la navaja cayera brillante sobre los tendidos, justo en el momento en que la sangre comenzaba a gotear en la sábana.

—¡Esta puta de mierda al fin me cortó! —dijo Arturo Rendón, empuñando la navaja.

Y se puso de pie. Corrió al espejo y vio el corte. Ella entre tanto lloraba, satisfecha, su cabeza por completo hundida en la almohada. Sus entrañas daban albergue ahora a las peores alimañas. "Mañana ya no estaré aquí", pensó. Entonces él humedeció en la jofaina la punta de la toalla y se limpió, para ver al fin de qué se trataba. La herida no se mostraba demasiado honda, lo estaba viendo, era apenas un rasguño. Pero se vistió rápidamente, volvió a limpiarse la sangre, se puso el pañuelo en la mejilla y dio un portazo. En el bolsillo interior de su saco había metido la navaja. Ella corrió a la ventana y desde allí lo vio cruzar el parque y desaparecer bajo la espesura de los almendros y la oscuridad de la noche. Acercó el asiento y se puso a mirar hacia el vacío sin saber qué hacer, y dentro de las varias alternativas que desfilaron por su mente estuvo contemplando la posibilidad de huir. Pero su hombre no se había llevado su maleta y con seguridad tendría que volver. Sin poder explicárselo, ella sentía que todas sus esperanzas no se habían malogrado todavía. Y empezó a lloriquear y a convulsionarse con inspiraciones bruscas y entrecortadas, pensando en la posibilidad de una segunda oportunidad.

Estaba dormida en el asiento, con la frente reclinada contra el cristal de la ventana, cuando algo la puso en alerta. Miró hacia el cielo y vio la transparente claridad que se esparcía sobre los techos y las copas de los almendros. La niebla, casi rosada, impedía una completa visibilidad sobre el paisaje. En el parque ya había gente, pues se oía el murmullo de ciertas voces y se veían las sombras de algunos cuerpos detenidos en las esquinas, envueltos en sus capotes de monte. Pasaron lentas siluetas de jinetes y vio el perfil de las mulas y de los bueyes cargados de bultos que iban hacia el mercado. "Ya irán siendo las cinco", se dijo, y desde donde estaba miró el camastro y lo encontró vacío, sin él y sin ella. "Soy más bruta que una mula", se dijo. Y volvió a reclinar su frente en el cristal, casi vencida por el sueño, y se puso a escuchar la música lejana que alcanzaba a llegar desde el bar de abajo. Pero de nuevo sucedió algo que la puso en alerta. Un objeto se agitó en la distancia, entre el follaje color ceniza, y fue entonces cuando lo vio a él cruzar el parque, de regreso. Difuminado entre los almendros y la niebla, ahora viniendo otra vez hacia ella. Entonces se frotó los ojos, se pegó de nuevo contra el vidrio y lo observó aún más nítido. Sí, era él. Corrió a la puerta para escuchar sus pasos en el pasadizo, y los minutos le parecieron inmensos. Hasta que escuchó el ruido de sus zapatos en la escalera. Corrió a la cama y se sentó, juntando fuertemente los pies. Estaba tan diminuta y amontonada sobre sí misma que casi no se veía entre el envoltorio de las sábanas. Y desde allí lo vio abrir la puerta hasta dibujarse de cuerpo entero en el centro de aquella luz, con su sombrero de ala caída, su chaleco abotonado, su arrogante cabeza ladeada y sus sienes negras y brillantes, en una imagen que a ella le pareció que era digna de durar así encendida para toda la vida. Entonces corrió a él y se abrazó a su cuerpo y lo cubrió de besos, humedeciendo sus hombros con su llanto.

—¡Perdonáme! —le dijo.

Arturo Rendón la estrujó y luego la aventó contra la pared. Y desde donde quedó, con ambos brazos abiertos, ella le lanzó a él un salivazo que cruzó por encima de su sombrero. Ahora la Leona gruñía, haciendo honor a su sobrenombre. Gruñía y pataleaba en una esquina y enseñaba sus uñas y volvía a gruñir, añorando su navaja.

—¡Este hijueputa! —gritó ella.

—Vengo por mi maleta —dijo él—, eso es todo, dejáme aunque sea ir.

Y se puso a empacar, cuidándose de no ir a concederle la espalda. Ella empezó a resbalarse contra la pared hasta quedar acurrucada y luego completamente sentada en el piso, con la cabeza metida entre ambas rodillas. Arturo Rendón cerró la maleta, aseguró las correas en las hebillas y bajándola de la mesa la descargó a su lado. Se metió la mano en el bolsillo y sacó unos billetes:

—Ahí te dejo lo del regreso —dijo—, vos no valés más.

—Metételo por el culo.

Pero cuando Arturo Rendón empezó a caminar ella corrió hasta la puerta y se crucificó al madero con las piernas y los brazos muy abiertos:

—¡Por aquí nadie va a pasar en este amanecer y mucho menos de este modo! —gritó.

—Hacéte a un lado que estoy que no respondo —dijo él.

—Me vas a tener que matar, así te la pongo.

—Te dije que no respondo, quitáte de ahí.

—Si vos te marchás así, sin perdonarme, entonces yo de inmediato me muero.

—Ya estás muerta, hacéte a un lado.

Dijo él, y se le fue encima con maleta y todo. Pero ella se aferró de nuevo a su cuerpo y con sus puños le golpeó el pecho. Y le decía que él era un malparido y un hijo de puta completo y le mordía la boca y le introducía la lengua hasta donde más podía. Acto seguido le envolvió su pierna izquierda en la pierna derecha hasta lograr que su hombre soltara por fin la maleta. En el bar de abajo sonaba la parte inicial de "La Cumparsita", y los dos comenzaron a sentir que aquella música de fondo que inundaba la amanecida penumbra del aposento tomaba cuerpo y se iba por fin apoderando de sus espíritus solitarios. Y se abandonaron a la jugada del destino y empezaron a trazar los primeros pasos, a los golpes, cada uno metido dentro de su propio silencio y en su propio dolor, por separado, cada quien muy lejos de donde estaba, a la deriva. Ella trazó el primer compás, deslizando su pie izquierdo, y él la siguió, lentamente, con verdadera cadencia prostibularia. "Si supieras, que aún dentro de mi alma, conservo aquel cariño que tuve para ti..." Los cuerpos dibujaron la primera silueta en la penumbra, entre el correr de la sangre, como cortada en el aire por una tijera negra. Dieron media vuelta, empujaron y se detuvieron suspendidos de nuevo en el vacío, inclinados y doblados, quietos. Y así permanecieron, congelados, hasta que él la levantó y dio otro paso deslizándose de costado y ella se le vino encima, haciéndose con él una sola carne, sus colmillos al aire. Entre tanto su muslo derecho y su pie descalzo muy atrás, separados del conjunto, la doble figura de nuevo congelada en el viento infinito. "Desde el día que te fuiste siento angustias en mi pecho, decí, percanta, qué has hecho de mi pobre corazón..." Ambos cuerpos como suspendidos, la música saliendo del fango del aposento. Brotando de aquella carne atribulada y tibia, esa música de dolor y destierro, de hombres y mujeres victimados por el prodigioso experimento moderno de la libertad. Almas solitarias volcadas hacia adentro, atentas sólo a la corriente de su propio espíritu, hombres convocados y llamados hacia el esplendor de sí mismos a causa del dolor y la pena, digna y pulcra canción para acompañar el estremecimiento antimoderno que se asume y se vive sin esperar nada a cambio.

Y por fin cayeron al lecho, que era lo que ella buscaba, tierra de todo perdón y olvido. La Leona abajo, él encima, todavía con su sombrero puesto, aunque torcido. Entonces ella abrió los ojos y por primera vez le vio la herida, cubierta por una delgada gasa asegurada con tiras de esparadrapo. La gasa tenía un color azafranado y un penetrante olor de yodoformo.

—Dejáme ver bien —dijo ella, retirándole el sombrero.

—Fui al hospital —explicó él.

—Casi no volvés, me iba a morir.

—Has debido morirte.

—No sigamos, hombre.

—Yo vine a lo que vine y voy por lo que voy —dijo él—, eso es lo que pasa, pero vos no entendés.

—Es cosa tuya.

—Siempre lo fue.

—Ya lo sé.

Sin poderse resistir, ella comenzó a pasar su mano por encima de su pelo negro y brillante, engominado, el sombrero ya muy caído. Todo sucedía como si los recuerdos se hubieran marchado demasiado lejos y desde la distancia de otros parajes estuvieran alumbrando de un modo confuso que a ella le parecía tal vez un bonito pretexto. Y cuando lo vio cerrar sus ojos, su cuerpo tibio todavía encima de su cuerpo, le retiró el vendaje por una de sus esquinas. Y vio allí la herida, serena y limpia en la mañana, expuesta en su rara magnificencia y como si fuera una cicatriz ciertamente vieja que perteneciera a otro tiempo. Y se atrevió a dar el paso perverso del amor sacrificial y bajó el escalón que era capaz de conducirla hasta el borde del abismo de sí misma y empezó a lamer. Sí, la herida. Primero por los bordes, amarillos, y en seguida por el centro, rojo. Hasta que vio cómo su propia melena se espolvoreaba con la luz de la mañana y sintió cuando él cayó derrumbado a su lado. Y por fin entendió lo que era aquella música del tango y su relación con su pasado y con su actual estado de abstracto sufrimiento.

13

Hacia las nueve de la mañana Arturo Rendón abrió
sus ojos y de un solo salto quedó sentado en el camastro.
Se frotó varias veces los párpados y vio que ella no estaba. Y palpó la sábana a su lado y la encontró fría. Y
escuchó el crujir de sus mandíbulas. "Habrá ido al baño", pensó. Miró hacia la ventana y vio el sol en su plenitud, desplegándose sobre el follaje de los almendros
en el parque. La cortina, semiabierta, dejaba entrar un
haz luminoso que después de bañar el marco de madera venía a dar hasta la pared de enfrente, dejando en
su camino una cinta de polvo que parecía de oro. Luego
paseó su mirada por el resto del aposento, en penumbra, y vio que faltaba la ropa de su Leona en el espaldar
del asiento. "Se la habrá llevado al baño para vestirse
allí", pensó otra vez, no tanto para consolarse cuanto
para ver si sus mandíbulas dejaban de carrasquear. Pero
de inmediato observó que sobre la mesa faltaba la pequeña maleta de su contrincante y la buscó por todas
partes pero no la encontró. Esta situación sí que era
una muy mala cosa, una señal definitiva. Miró casi sin
creer al lado suyo en el piso y tampoco observó sus zapatos. Entonces desparramó afanoso su mirada hacia
todas partes y no vio la menor señal de su Leona. "Ha
escapado", dijo, poniéndose de pie. Y en ese momento
constató que estaba vestido.

Fue hasta su maleta, que permanecía no sólo abierta sino hecha un arrume de ropas desplegadas sobre la

mesa de al lado de la jofaina, y revisó una a una sus pertenencias. Estaban completas, aunque al ir un poco más al detalle comprobó que faltaba un pañuelo marcado con su nombre. Una joya que su primera novia le había regalado con sus iniciales tejidas con hebras de su propio pelo. Entonces tuvo una corazonada concreta y se llevó la mano al bolsillo de la billetera. "Cuando las putas escapan, es cosa de temer", se dijo. Pero ahí estaba su billetera. Revisó el dinero y juzgó que estaba escaso. Ya no tenía casi nada. "Esta puta al fin me robó", gruñó. "Me quedé dormido y me dejó como en el paraíso", pensó. Hizo cuentas mentales y comprobó que aunque el gasto hasta ese momento había sido superior al presupuestado, de todos modos no había sido tanto como para haber quedado tan limpio como ahora estaba. Se metió las manos en los bolsillos y sólo encontró monedas. "Con esta miseria no voy ni a la esquina", se dijo.

Fue a sentarse junto a la ventana y desde allí miró la gente en el parque. Y la encontró tan lejana y borrosa en la distancia que pensó que había amanecido en otra parte y que todo no había sido más que un inofensivo sueño. "Éstas son cosas que uno se busca en la vida y por lo tanto son cosas que uno al fin se merece", pensó. En el marco de la plaza había estacionados varios vehículos camperos, todavía borrosos por causa de la niebla, y sobre sus motores él vio bultos de café y racimos de plátano y cantinas con leche que brillaban con los rayos del sol. Pasaron dos jinetes que vestían pantalones muy largos y que parecían haber quedado doblados para siempre encima de sus cabalgaduras. Dieron la vuelta en silencio, dejaron que sus caballos cabecearan masticando los bocados de sus frenos y enseguida desfilaron de nuevo hasta perderse en la lejanía. En ese momento arrancó a andar un vehículo campero, y él lo vio perderse por el costado derecho en medio de la luminosidad que formaba la mañana. Fue entonces hasta el espejo, se lavó la cara en la jofaina, se miró otra vez y se alisó el cabello con ambas manos. Fue hasta el camastro, se sentó y se puso los zapatos, que brilló con la punta de la cobija de lana. Regresó al espejo y ajustó el nudo de su corbata y fue entonces cuando vio que no tenía puesto su sombrero. Desde allí lo buscó con sus ojos hasta encontrarlo en la mesa de noche, del otro costado de la lámpara. Fue por él. Y metida entre la cinta y la copa encontró, doblada, la nota que ella había dejado al partir:

"Mi querido Gardelito: vos sos un canalla, te lo juro, pero no puedo seguir adelante como si nada hubiera sucedido. Te lo merecías por malparido, claro, pero jamás debí hacerlo, pues esas cosas sólo se hacen por amor, y yo a vos ni siquiera te quiero. Pero esto le pasa al que le sucede, no creás que me arrepiento. Ahora mismo no sé para dónde voy ni qué camino coger, pero eso a vos no te importa. Mucho mejor así, querido. Desde antes de encontrarme con vos ya estaba perdida, te lo juro, de modo que quedáte tranquilo. Vine a dar aquí porque en Pintada ya no podía vivir, no creás que fue detrás de tu cola de perro. Pero te juro que valió la pena. Una pinta como la tuya no es fácil de encontrar. Ah, y muchas gracias por los zarcillos. Tal vez un día de éstos me enrrumbe para Barranquilla, aunque algunas muchachas que ya estuvieron por ahí dicen que eso queda demasiado lejos y que ni siquiera vale la pena el esfuerzo porque los hombres son muy tacaños y se mantienen gritando por todo, en chancletas y casi en pelotas. Me gustaría más bien encumbrarme para Medellín. Queda más cerca y dicen que allí los hombres son más generosos, y que en tales condiciones una mujer inteligente puede aprovechar el remolino y hacerse su buena carambola. Ya veré qué hago, querido, por eso no te preocupés. Te saqué algo de dinero de la billetera porque no quería despertarte y me faltaba para el regreso. Me llevo de recuerdo tu pañuelo y una fotografía. Esto podrá sonar a atrevimiento pero no a falta de honradez. Creo que la compañía que te brindé durante estos días tiene su precio y hoy por hoy ni el Papa trabaja gratis. Tampoco ha sido demasiado. Sólo un par de billetes para trepar en la primera berlina que se me atraviese y emprender mi viaje hasta el primer pueblo que se me ocurra. Las putas tenemos la ventaja de que no nos varamos nunca y de que podemos trabajar en cualquier parte, con tal de que haya hombres. Y hombres hay en cualquier rincón de la tierra, mi amor, de esos que echan la baba apenas se les pica el ojo y se les menea la rabadilla. ¡Parecen pendejos! Te voy a dejar esta carta en el sombrero, donde sé que con seguridad la encontrarás. Y me despido de una vez por todas, deseándote un buen viaje. Ojalá que encontrés lo que andás buscando por Umbría. Yo, de vos, no andaría como loco por el mundo tras esas cosas de muerto que decís estar buscando. Pero cada quien hace de su vida lo que le parece. Te deseo lo mejor, y cuidáte, que lo necesitás. Te veo más triste y pálido de lo normal, pero en eso ya no quiero ni meterme. Adiós. Tu amiga y segura servidora, Clavellina Lopera."

Arturo Rendón terminó de leer y se tumbó en el camastro. Completamente horizontal, con el sombrero puesto sobre sus ojos, lo mejor parecía ser por ahora la oscuridad. "Hay putas de putas", dijo y se sonrió, titubeando como había quedado en la encrucijada de varios sentimientos encontrados. "Cada mujer representa un nudo ciego en cada circunstancia", se dijo. Y enseguida bajó su sombrero hasta la altura del pecho y se puso a mirar el cielo de madera, donde había grietas negras y se veían manchas circulares de viejas goteras y filtraciones, como si quisiera descifrar allí el enigma de su vida. "No sé qué hacer ahora", pensó. Y se extrañó de semejante pensamiento, pues él sí que sabía muy bien lo que iba a hacer. Cruzó un pie encima del otro y desde donde estaba vio a través de una grieta la cañabrava del techo y más allá una oscura hilera de tejas. "Ahora no falta sino que me empiecen a caer los alacranes", pensó. Y oyó de nuevo la música que subía del café del primer piso, de manera continua y como una especie de médula sustancial. Algo que alimentaba el alma de la gente, como el aire. "Con el dinero que me ha quedado no puedo ir ni siquiera al sanitario", dijo. Y cerró los ojos. Y vio extensiones de bosques del color del plomo y escuchó lejanas tempestades y pensó que morir era sólo cosa de una vez. Y entonces abrió sus ojos y agarró su sombrero y se puso de pie y fue de nuevo hasta el espejo y se lo puso y sonrió ante sí mismo, cínicamente, como si estuviera empeñado en vivir una impostura. No había leído libros de caballería, como el hombre de La Mancha, pero a cambio de eso había escuchado las letras de los tangos y había visto las películas del Zorzal, y su cabeza se había trastornado y desde ese momento él había comenzado por completo a ser otro y a vivir para esa nueva realidad imaginaria.

Metió todo dentro de la maleta y al proceder a darle vuelta para cerrarla encontró bajo sus fuelles los últimos sostenes que había usado su Leona. Los tomó en sus manos, los olió, los lanzó al piso y durante un rato estuvo parado encima. Luego los tomó de ahí y no supo si dejarlos tirados o llevárselos consigo. Aun así los dejó caer de nuevo a sus pies y se ocupó en cerrar del todo la maleta. Volvió al espejo para darse una última mirada de aprobación y caminó hasta la puerta. Desde allí miró hacia el piso entablado y vio los sostenes brillar, bañados por la cinta de luz y de polvo amarillo que entraba por la ventana. "Voy tras el sombrero y la bufanda de Gardel y ocurre que ahora estoy a punto de quedar enredado en los sostenes de una puta", se dijo. Aquella afición suya por las reliquias y partes usadas de los cuerpos humanos, veneradas por el sólo hecho de haber tenido contacto con esos mismos cuerpos amados o respetados, no lo dejaba vivir. Y sin saber muy bien por qué secreto motivo volvió al sitio, se inclinó, tomó entre sus dedos la prenda, la estuvo olfateando otra vez sin afán y enseguida la guardó en el bolsillo derecho de su saco. Luego empezó a caminar hacia atrás, con el alma empenumbrada, hasta volver donde había dejado su maleta. "Ya veré qué hago con esta cosa —se dijo—, pero dejarla abandonada al paso de los buitres, jamás."

Y salió.

"Voy a lo que voy y justamente por lo que voy", gruñó para justificarse cuando atravesaba el parque para tomar la berlina que lo habría de conducir hacia Supía. Allí tenía un tío al que pensaba pedirle en préstamo un poco de dinero para poder continuar hasta Umbría. Supía estaba relativamente cerca de Caramanta y no lo desviaría demasiado de la ruta. Umbría, llamada por muchos "Tierra que atardece" a causa de la niebla perpetua de sus pequeños valles. Umbría, tierra del crimen, tierra triste, que se extendía hacia la lejanía por la ruta de los nevados, en medio de la negrura de la sangre de aquella gente primaria que acuchillaba a los niños como si nada, y les bajaba de un tajo la cabeza, pero en cambio era capaz de llorar durante meses ante la imagen de un perro comido por la sarna.

Media hora más tarde Arturo Rendón podía mirar por la ventanilla de la berlina los abismos que formaba la carretera al descender por Caramanta, rumbo a la región de Hojas Anchas, tierra del espanto, camino de Supía. Canturreaba con la frente pegada al vidrio y se había olvidado por completo de la prenda de doble yema que traía en el bolsillo de su saco, extraño trapo que había logrado sostener enhiestos y como si fueran dos tetas de verdad los dos huevos fritos de su Leona.

14

Y volvió a ver las calles, las esquinas y las casas de Supía, tal como él mismo las había visto aquel viernes 20 de diciembre de 1935, ya hacia el atardecer. Gómez Tirado cabalgaba adelante, enteramente doblado sobre la montura, su sombrero colgando del barboquejo. Traía el trasero mojado y las zamarras se veían anaranjadas y en la región de las espuelas había salpicaduras de fango. Un poco más atrás, conducido por Heriberto Franco, avanzaba el trío compuesto por Bolívar, el féretro con la imagen y Alondra Manuela. Y hacia el final de la caravana venía, en fila india, el grupo de las diez mulas con los veinte baúles, empujado por Arturo Rendón, quien de trecho en trecho hacía zumbar en el aire una rama. Las casas tenían sus puertas abiertas, y en los portales colgaban lámparas encendidas adornadas con festones y guirnaldas negras. Por las ventanas asomaban enlutadas banderas tricolores y desde la plaza llegaba la música de una banda que alternaba los pasillos con los valses. Gómez Tirado pareció de pronto despertar de la modorra, dio vuelta a su cabalgadura y vino al trote donde Heriberto Franco y desde allí le hizo una seña a Rendón. Cuando los tres estuvieron juntos, Gómez Tirado dijo:

—No sé qué es lo que está pasando aquí, pero parece que todo el mundo ya se dio cuenta del asunto.

Heriberto Franco y Arturo Rendón se miraron en el acto:

—Nosotros ya lo sabíamos todo —dijo Heriberto, dibujando una sonrisa.

—¿Sabían qué?

—Lo de la imagen.

—¡Ah!

—Sabíamos que era Gardel —agregó Heriberto.

—¡Ningún Gardel! —gruñó Gómez Tirado. Lo que aquí traemos es la imagen de Cristo Redentor, y punto.

—¡Y déle que déle con lo de la imagen de Cristo Redentor! —dijo Arturo Rendón.

—Pues ésa es toda la verdad, y asunto clausurado.

—Y, entonces, ¿por qué tanto alboroto? —preguntó Heriberto Franco.

—Estoy hablando de la imagen más milagrosa que se conoce.

En cuanto se internaron por la calle real, rumbo al parque, aparecieron tocones de árboles secos donde de repente el crepúsculo se hizo rojo y las casas dejaron de ser de un solo piso. Desde los balcones empezó a esparcirse sobre la caravana un tupido rocío de picadura de papel negro que al caer al suelo entristeció la tierra. Los lomos de Bolívar y Alondra Manuela se fueron cubriendo, poco a poco, de una película oscura, ante lo cual los animales mantuvieron sus orejas orientadas hacia adelante, sus cuellos erguidos y sus cabezas vigilantes, asustados como estaban por el estallido de la pólvora y el alboroto de la multitud. Había miles de golondrinas saeteando en el cielo color lila, a veces color naranja. Había festones tan negros como blancos colgando de alambres y cables que cruzaban de un lado a otro las calles. Había gallinas escarbando en las esquinas, manadas de patos picoteando en los charcos, cerdos comiendo apacibles en cajones y vacas intocables que permanecían sentadas en las terroneras de los patios y hasta en los portales. Y vieron a lo lejos la luz de la pólvora y sintieron que la música tronaba incluso más fuerte que la pólvora. Los bares y cafés habían sacado sus mesas a la calle. Entre tanto Bolívar y Alondra Manuela seguían avanzando por el centro de la calle, con su Gardel, sus lomos más espesos y afelpados que antes y ahora cubiertos de confeti. Y a medida que el grupo avanzaba la música oficial de la banda que interpretaba desde el parque comenzó a ser sustituida por la música de los bares. Tangos, milongas y valses empezaron a tomarse el aire del crepúsculo, salidos del fango de los prostíbulos y de las cantinas. Y las putas y los criminales brotaron de sus escondites y se dieron a la tarea de aullar en los portales y bajo los aleros, aprovechando el comienzo de la noche. Las putas lucían trenzas con moños y guirnaldas hechas de cintas y algunas de ellas vestían tafetanes tan rosados como azules y permanecían descalzas en los quicios o calzaban sandalias hechas de pellejos de conejo, sus rostros encarnados cubiertos de polvo de arroz y sus labios ahora demasiado rojos, mientras los malandrines y los malignos blandían cuchillos comprometidos con la sangre de viejos crímenes todavía muy mal lavados. Sentían que allí, vertida en esa música, estaba la esencia de su historia. Aquella música de bajos fondos lo decía todo acerca del ingreso tan conflictivo como ambiguo de sus almas en la imagen de lo moderno, con su correspondiente estropicio pero al mismo tiempo con su rara fascinación a causa de los objetos técnicos de que venía acompañada y del nuevo sistema de valores que parecía asistir el tránsito de lo rural a lo urbano, en medio de las nuevas igualdades y libertades femeninas, que habían puesto a los hombres a lloriquear contra los muros.

Y por eso el tango se había apoderado de la calle para recibir a su cantor como a uno de los suyos, carne de su propia carne prostibularia. Mucho más si se tenía en cuenta que el cantor había muerto purificado por el fuego y que nadie sabía al fin nada de su verdadero origen. Se decía de él que era hijo encaramado del coronel uruguayo Carlos Escayola en el vientre de una india; que había nacido en la región del Valle Edén y que desde muy niño fue entregado para su crianza a Mademoiselle

Berthe Gardés, quien lo bautizó como Charles Romuald Gardés, según la versión de Fernando Butazzoni. Ese confuso origen y ese final no menos mítico de alguien que habiendo sido del arrabal acababa de ser arrebatado del mundo y purificado por el fuego en el momento de su muerte, era lo que hacía lanzar tristes aullidos a aquellas mujeres y hombres del bajo mundo que salían a su encuentro.

Pasaron por delante de las puertas del "Tango Bar" y escucharon la voz del cantante que avanzaba dentro del féretro como si aún viviera.Y llegaron hasta la esquina de la farmacia y vieron en las ventanas de balcones abiertos una orquesta de siete ancianas blancas que tocaban sus violines. Y hacia la parte de abajo, en la vereda, vencido en un asiento de pellejo de ternera todos pudieron contemplar la imagen de un hombre de facciones hieráticas que se despeinaba ensimismado sobre el teclado de un bandoneón. Y había en la esquina una pareja de bailarines dedicada a trazar figuras cortadas en el aire ya casi negro, detenida en el abismo. Él de sombrero, ella vistiendo una bata que tenía una rajadura en el muslo. Y las mulas se pusieron briosas mientras resoplaban y movían sus orejas en varias direcciones, y algunas de ellas se encabritaron poniendo en peligro la estabilidad de sus cargas. Y todos observaron el horizonte teñido de una gran variedad de lilas y la negrura de una franja del cielo cuando se llenaba de nubes contra el perfil de la cordillera y los lejanos farallones. Los perros ladraban y la mayoría de las gallinas habían comenzado a trepar a sus gallineros y las palomas ya estaban recogidas en sus nidos y muchos gatos corrían por los caballetes o asomaban sus caras a través de oscuros orificios.

Hasta que apareció una caravana de caballos ensillados con aperos de lujo que venían montados por jinetes vestidos de negro. Los hombres se aproximaron al féretro y cantando milongas se lo fueron llevando hasta el parque, mientras la música de los bares arreciaba

111

y las putas se asomaban a las puertas y ventanas y las señoras se confundían con las putas y otros ladrones y criminales brotaban de sus madrigueras con sus sombreros gachos y sus puñales todavía sucios de sangre, y muchos vieron cuando se doblaron a llorar en las esquinas y contra los troncos de los árboles caídos por causa de la colonización.

Y cuando todo estuvo instalado y el féretro descansaba ya al lado de los candelabros, arropado con su lona encerada, vieron cuando un grupo de notables lo alzaba en hombros y lo introducía rumbo al altar de la iglesia, en medio de una nube de incienso cuyas columnas brotaban de tarros que se balanceaban en el aire, como aguacates de lata. La iglesia se llenó de penitentes que habían entrado de rodillas y que tenían ya sus rótulas laceradas, y no contentos con lo mucho que hasta el momento habían sufrido, muchos de ellos ya habían empezado a flagelarse con rejos emponzoñados, pues en el interior de sus cabezas perjudicadas por la iconografía sacra, entre Cristo Redentor y Carlitos Gardel no existía prácticamente ninguna diferencia. Las putas se cubrieron con pequeños pañuelos encarnados que desdoblaron con respeto encima de sus cabezas, luego de lo cual fueron a sentarse bajo un gran óleo donde Cristo se veía dedicado a consolar con perturbador afecto a María Magdalena, como quien se queda observando de cerca los jugos de un pedazo de melocotón. Y los asesinos enfundaron sus cuchillos, entraron agazapados y fueron a sentarse del otro lado de las putas, envueltos en sus negros capotes de monte. Habló la primera autoridad civil, desde el púlpito, y dijo todo lo que se le ocurrió acerca de lo que significaba la voz de Gardel para el alma de las gentes de Supía, sin distinción. Y vinieron los aplausos y las putas se pusieron de pie para rendir homenaje a quien ellas reconocían como uno de sus mejores clientes. Se trataba de un minero rico de la región de Marmato al que le faltaba un ojo, que él pensaba ponerse de oro algún día. Con el paso de los años había echado una gran barriga, a causa de su descontrolada afición a las judías guisadas con tocino, pero a las putas del barrio les fascinaban sus pelotas de toro que le colgaban más abajo de sus rodillas y que todas ellas se peleaban por catear.

Terminada la ceremonia todos salieron al atrio, en momentos en que la música del arrabal arreciaba. Adelante el cura, luego el féretro y enseguida los monaguillos y los feligreses agitando los incensarios. Más de uno sugirió que abrieran aquello para que democráticamente el pueblo pudiera ver lo que realmente había adentro, pues el asunto se sentía demasiado liviano y al agitarlo en el aire no se escuchaba casi nada, como no fueran ciertos suspiros, difícilmente atribuibles a lo de adentro. Gómez Tirado, Heriberto Franco y Arturo Rendón habían conseguido permanecer en todo momento junto al féretro, armados con palos, y se empeñaban en ayudar a media docena de uniformados a mantener a raya a la multitud, que una vez terminada la ceremonia se había volcado sobre el féretro para palparlo y arrancarle aunque fuera una astilla o la vuelta de un tornillo. Hasta que llegó un momento difícil en que empezó a perderse el control y poco a poco la multitud se fue apoderando de la situación y comenzó a dar vueltas por el parque, enardecida en su autonomía, llegándose al extremo de que grupos de hombres y mujeres empezaron a meterse con el féretro a los bares y lo colocaban encima de las mesas y le pusieron a sonar canciones al borde de sus tablas mientras lo chorreaban con cerveza y enseguida lo limpiaban con banderas y trapos traídos del mostrador y la trastienda. Los jinetes entraban hasta la barra montados en sus cabalgaduras, y mientras unos dormían amorcillados, haciendo extraños equilibrios en los estribos, otros bebían y lloriqueaban doblados encima de las cabezas de sus monturas. Muchos de ellos ya habían trepado sus putas a la grupa y las intimidaban haciendo encabritar sus cabalgaduras y luego las hacían carcajear como sólo ellas sabían hacerlo por este valle del mundo.

Hacia la media noche muchos ya estaban dormidos encima de sus propios vómitos o sobre la grama del parque y las veredas y andenes, y los pocos que quedaban con alguna luz de vida permanecían abrazados al féretro, que a estas alturas parecía haber sido profanado más de una vez, pues los zunchos y los tornillos se veían flojos. Media hora antes se habían marchado las siete ancianas de los violines y sólo quedaba, doblado sobre un asiento, el hombre del acordeón. Darío Ruiz, Moreno Durán, Mejía Vallejo, Óscar Jaramillo, Orlando Mora y Luis Fernando Peláez dormían boquiabiertos, mientras María Cristina, Mónica, Martha, Patricia y Amparo Ángel, el Pajarito de Aguadas, cantaban destempladas junto a la barra al compás de la guitarra de Crucito, que estaba que se caía. Y, hacia el fondo de los montes, la carcajada de Otto Morales.

Y por esa misma calle que él había recorrido hacía quince años era que ahora se deslizaba la berlina, sobre una cama hecha de tierra y piedras. Desde la ventanilla del otro lado Arturo Rendón veía las casas, las lámparas encendidas, el maltrecho empedrado de las calles, las mismas vacas y las mismas mulas comiendo caña picada en los cajones junto a los portales. Ahora iba rumbo a la casa de su tío Anselmo Ángel. Había tenido que torcer ligeramente la brújula de su viaje, pues necesitaba dinero y por la falta de esa moderna sustancia no estaba dispuesto a tener que cambiar de idea.

15

Al día siguiente, cuando todo estuvo dispuesto, Arturo Rendón se despidió de su tío, trepó en su cabalgadura y empezó a descender por la calle apisonada de tierra y piedras amables, rumbo a la cordillera lejana. Acababa de guardar el dinero de su segundo aire financiero en el bolsillo de su saco. Y, sintiendo el latido de su billetera contra el lado izquierdo de su pecho, como un segundo corazón, cabalgaba contento y silbaba trozos de tangos y milongas que su mente rescataba al vuelo del azar. Su maleta, que había colgado de la cabeza de la montura, hacía balancín sujetada a la cincha. Salió veloz por las últimas calles de la ciudad y muy rápidamente el camino se tornó de nuevo inclinado. La carretera quedó atrás y la mula debió encumbrarse por lomas verticales, secas y rocosas, que lo condujeron hacia una pequeña planicie desde donde se podía presentir a lo lejos el cañón del Cauca. El viento estaba fresco, rastreador de hierbas y de hojas quemadas, pero él se sentía animado y llevaba innumerables imágenes en la cabeza. Motivo por el cual cantaba y silbaba sin control mientras observaba el paisaje. Muy pronto se internó a través de un bosque de cedros, y cuando la sombra se hizo completa escuchó en la distancia un gran estruendo de agua, como cuando un río caudaloso corre entre rocas y piedras y se precipita luego en el vacío en medio de grandes formaciones de espuma. El camino conducía de todos modos en aquella dirección, y a medida que se aproximaba a la corriente la mula se ponía más inquieta. Apareció en la distancia un pozo tan profundo como azul y más arriba una cascada que enceguecía la vista a causa de su brillante transparencia. Bajó de la mula, colgó el sombrero en la cabeza de la montura y fue a amarrar el animal en el tronco de un sietecueros. Se quitó las zamarras y las puso a horcajadas en la montura. Y vio las mariposas revolotear encima de su cabeza y en la distancia escuchó el picoteo de los carpinteros en los troncos podridos. Caminó hasta la orilla de la corriente y se contempló absorto en la sombra del pozo, deforme entre el agua por causa del ahora tan frío tremor de sus carnes. Brincó entre las piedras hasta encontrar un pozo más pequeño, donde observó enjambres de sabaletas que ante la envergadura de su sombra corrieron a esconderse bajo las rocas, como saetas. Fue hasta la orilla, levantó sobre su cabeza la piedra más grande y la descargó contra la roca donde antes se habían ocultado los peces. Bajo la espuma que se formó empezaron a platear las pieles escamadas de infinidad de animales aturdidos. Había allí sabaletas, sardinas, aunque también lángaros color violeta. Se dobló encima del agua, y vio muy abajo los árboles negros, temblando, por lo cual se sintió mucho más solitario de lo que él mismo imaginaba hasta entonces. Y en el acto recogió el resultado de la misteriosa multiplicación de los peces y caminó hasta su mula, ahora lentamente y mediante el paso de un animal que sabe exactamente lo que hace. Y con la ayuda de su navaja fue abriendo uno a uno el vientre de los peces y haciendo a un lado las entrañas, que lanzó a la corriente. Luego cubrió aquellas carnes rosadas con un abundante manto de sal, ensartó las cabezas en un cáñamo y lo puso todo a secar, colgando de la cruz de su cabalgadura.

Orinó contra el tronco de un árbol, calzó otra vez sus zamarras, se puso el sombrero y trepó a la mula. Y ya al trote bebió café negro de su cantimplora. Y al momento ya iba cantando y silbando de nuevo y a cada rato se llevaba la mano a la cartera y sentía latir allí la totalidad de su renovado corazón. Hacia el medio día detuvo su cabalgadura en un paraje abierto, y sin apearse del animal sacó de las alforjas un trozo de tocino tan seco como salado, que en seguida hizo tiras con su navaja y que devoró con tortillas y gruesos panes de maíz. Volvió a beber café negro de su cantimplora, encendió un chicote y con los talones golpeó los ijares del animal antes de empezar a trepar por una colina bordeada de bosques de madroños silvestres, donde también crecían yarumos y guáymaros. Ya encaramado en la cresta de la colina vio en la lejanía un surco de lluvia que bajaba de poderosas nubes negras y pensó que muy pronto habría de necesitar el capote de monte que llevaba doblado bajo su juego de alforjas. Y se quedó mirando el horizonte mientras la mula imponía su propio trote y él observaba desde aquella altura los zarcillos que formaba la descarga de agua contra la cordillera y el modo cómo se batía contra el color oscuro de los árboles, en medio de un relampagueo que él juzgó todavía demasiado lejano pero que aun así lo puso a pensar en apretar el paso.

Al rato atravesó por un rancherío nunca antes visto en sus antiguos viajes, cuyos pobladores parecían haber quedado aturdidos por el pavor de las masacres. Permanecían sentados y como resignados a su suerte, allí por entero hundidos en el polvo, con las rodillas apretando tanto las orejas como los cachetes de sus rostros, y se pusieron a verlo pasar por el rancherío como quien observa la imagen de un desfile funeral ocupar de repente el aire de una ventana. Arturo Rendón no se detuvo, porque al ver aquellos rostros sintió un frío extraño y tuvo la sensación de que su cabeza se empezaba a llenar de siniestras imágenes y premoniciones, pero aun así saludó hacia el vacío mediante un rápido ademán, mientras conseguía examinar cuanto veía a su paso con los lentos movimientos de sus ojos. Más adelante, casi en la misma jurisdicción del rancherío, vio grupos de personas que bajaban del monte con la cabeza tan llena de ramas como de hojas y que venían hurgándose los dientes con astillas de guadua, por lo que de inmediato pensó que por ahí debía haber un comedor para viajeros despachando en la espesura. Y miró con detenimiento el camino que partía a su izquierda, por donde descendía aquella gente, y sintió que no había nada que ver en la lejanía, porque en realidad nada se veía a pesar del esfuerzo, pero aun así él siguió mirando con obsesión hasta donde la hojarasca se volvía roja y vio en la distancia un montículo de arcilla azul por cuyas torres hechas de granos de tierra brotaban hileras de hormigas cargadas de terrones todavía más azules y por cuyas bocas entraban de regreso otras hormigas llevando pedazos mordisqueados de hojas verdes. Siguió adelante, tomando el sendero principal que partía a la derecha, y se fue adentrando por un bosque muy tupido hasta donde el sol no asomaba siquiera su luminaria ni conseguía expresarse en forma de colores. Y vio árboles de troncos tan húmedos que eran negros y follajes aun más negros donde los pájaros cantaban con amargos chillidos, y todo ocurrió como si de repente hubiese entrado en una noche que sólo existía en el corazón de aquella fugaz sombra impenetrable. La mula se encabritó y quiso devolverse, pero bastaron dos palmadas en la tabla del cuello y un par de talonazos en los ijares para que emprendiera de nuevo su marcha, aunque con su cabeza girando siempre en lo alto y sus orejas orientadas hacia todo lo que se movía adelante. Y en medio de la total oscuridad sintió que llovía y se detuvo para vestirse con su capote de monte. Y escuchó cuando la lluvia silbaba, filtrándose entre los árboles negros, y cuando se cortaba contra él mismo y contra el cuello y la pelambre de su cabalgadura. Nada veía, salvo coágulos y sombras de árboles, pero la mula continuó adelante como si para ella la oscuridad no existiera y él la dejó avanzar a su paso natural, abandonándose a su sabiduría por aquellos caminos ya casi desconocidos después de tantos años.

Y así cabalgó en medio de la más cerrada oscuridad, escuchando sobre su cabeza el permanente revoloteo de la lluvia y el griterío de los micos en las bejuqueras. Pero también escuchó gemidos de animales asustados por causa del temporal, que se habían ido a refugiar entre las peñas o en las madrigueras y orificios tallados en los troncos. Por un instante se despojó de su sombrero y quiso contemplar el cielo infinito, aunque él supiera que lo que arriba parecía un cielo no era sino un bosque tupido de árboles azarosos. Y pensó en la muerte, como el más grande y espléndido de todos los misterios, y volvió a ver a su Gardel, reclinado en la barbacoa, descansando en su cómoda caja recubierta de cera y a veces con flores silvestres que caían de las ramas y mantos de hojarasca seca. Amarrado a los palos, como una vulgar encomienda de carga, debidamente aforado para la travesía que debía cumplir a través de departamentos interiores y países lejanos, llevado por Bolívar y Alondra Manuela a través de aquellos mismos bosques y caminos que ahora por causa del destino debía volver a transitar. "Si no fuera por Gardel, hoy mi vida sería otra cosa", pensó. Y se volvió a colocar el sombrero bajo la lluvia y sintió que la gomina de su cabellera se convertía en una desleída masa de engrudo. En el cielo no había astros ni estrellas porque todavía imperaba el rigor del día, pero la cerrada oscuridad causada por el bosque invitaba a la meditación sobre la muerte y acerca del destino de los hombres que habiendo con sus virtudes deslumbrado a la humanidad, debían sin embargo enfrentar el anonimato y el olvido. Los cascos de la mula chapoteaban a veces entre pozos de agua, en ocasiones entre lodos espesos cuyo caldo se oía. Y cuando el camino se empinaba, Arturo Rendón sentía cuando las herraduras golpeaban sordas y húmedas contra las piedras, y hubo trechos en los cuales escuchó sus resbalones en un suelo hecho de pizarras y deslizantes lajas. Sentía su sombrero ya demasiado pesado, calado por la humedad, y por debajo de su capote de monte empezaban a filtrarse las primeras gotas. No había dejado de contemplar la oscuridad impenetrable, donde no había nada que ver, pero aun así él seguía empeñado en descifrar la tiniebla y se inclinaba sobre el cacho de su montura para de esta manera hacer más suyo el contenido del horizonte inmediato. Hasta que la lluvia amainó, al punto de quedar convertida en una fina telaraña transparente, y el bosque de árboles negros empezó a disolverse ante su presencia y en la lejanía se dibujó por fin una neblina color zapote. Y así cabalgó durante casi siete minutos, hasta cuando escuchó junto a un manantial un tropel de pezuñas de venados que se alejaban en estampida en medio de un paño litúrgico de polvo color fucsia.

Poco a poco el horizonte fue despejándose, tanto de nubes como de transparentes cintas de niebla, y aparecieron a la vista pequeños potreros donde había parches de hierba de un verdor que él jamás había visto. Escuchó pasar enjambres de abejas, oyó el zumbido de un tábano y observó vacas blancas con parches color morado que parecían normandas y en las peñas vio helechos flagelados por el frío de la escarcha y la humedad del sueño. Bajó al paso de su cabalgadura por una colina llena de verdor y buscó el horizonte de una pequeña mata de monte donde desde lejos se oía correr el agua de otro manantial. Y al llegar a la orilla del agua se apeó, fue a quitarle el freno a su cabalgadura y dejó que hundiera su cabeza en el pozo. Y percibió el brillo de sus ojos y escuchó su respiración contra la superficie rizada del agua. Entonces aprovechó para echarle un vistazo a su sombrero y lo encontró algo deforme y se propuso que al llegar a Riosucio tendría que ir con él a una sombrerería para que le evaporaran el agua y lo pusieran a templar de un día para otro en una horma. Pero la sola idea de tener que separarse de su sombrero, aunque fuera por una noche, lo dejó perturbado. ¿Qué hubiera hecho Gardel sin uno solo de sus sombreros?, pensó. Y bebió de su cantimplora un sorbo de café negro, acomodó su capote de monte bajo el juego de alforjas y fue a ponerle el freno a su cabalgadura. Enseguida se montó de un brinco, apretó sus talones en los ijares y logró del animal un trotecito que lo sacó muy pronto hasta la otra orilla de la mata de monte, donde la luz ya era roja. Pero al llegar a ese límite de hermosos colores la mula se encabritó, estiró sus belfos y comenzó a olfatear en el aire, a relinchar y a hacer ademanes de quererse devolver, como si estuviera advirtiendo la presencia de algo siniestro. Arturo Rendón pensó en una serpiente. Y miró hacia el verdor de la grama, pero en lugar de la serpiente imaginada vio un montón de cadáveres cuyas cabelleras se confundían con la hierba.

Abandonó el camino dando un rodeo por el potrero, muy pálido él y receloso, su respiración a puñetazos. Y de lejos contó más de una docena de cuerpos que estaban medio amontonados bajo los matorrales, algunos de ellos sin cabeza y otros abiertos por el vientre, y los pocos que tenían cabeza se veían coronados de espinas y tenían estacas que les entraban por los costillares y mostraban en las palmas de sus manos señales de haber sido atravesados por puntudos hierros. En los postes del alambrado vio aves de rapiña y en el cielo observó planear gallinazos que trazaban círculos y de vez en cuando se precipitaban en picada contra las copas de los árboles. Y no fue necesario apurar el paso de la cabalgadura, porque al retornar al camino la mula se mantuvo por sí misma en un trote nervioso que muy rápidamente lo alejó del lugar donde había tenido el agobio de semejante visión. Acababa de salir de la negra noche de los árboles, pero ahora se aprestaba a internarse en una especie de segunda noche, cuyo crepúsculo apenas bajaba por las laderas de la cordillera bajo la forma de una delgada neblina color azafrán. Y fue en ese momento cuando contempló a lo lejos la hilada de techos color naranja de lo que debía ser el poblado de Riosucio.

16

Dejó la cabalgadura en la pesebrera al cuidado de Evencio Osorio, asesinado años más tarde en Génova cuando ayudaba a reparar la cumbrera de un techo. Una caravana de arrieros que habría de partir rumbo a Supía tenía el encargo de regresar la mula mañana mismo al corral de su tío. En las alforjas acababa de introducir una carta de agradecimiento para el viejo, donde le prometía pronto regreso y cumplimiento exacto en la devolución de su dinero. Estaba anocheciendo, y mientras caminaba hacia el centro del poblado no quería ni mirar a los lados. Muy rápido llegó al mercado de abasto de víveres y de provisiones, zona de bares, cafés y graneros, y se metió por el laberinto del primer hotelucho para viajeros que encontró, en los altos del café "El Malevaje". Subió las escaleras, recibió la llave del candado y fue a refugiarse. Le dio forma a su sombrero, que colocó sobre la mesa, abrió la maleta, cuyos fuelles se veían húmedos, se echó encima una camisa seca y fue a tumbarse en el camastro. Y se arropó, colocando la manta de lana en la helada región de su pecho, mientras se ponía a recordar y sentía que era visitado por la fiebre.

Y vio de nuevo cuando las mulas pasaron por donde después habría de construirse un segundo parque, cuando treparon por un pequeño terraplén y entraron por fin a la plaza. Arturo Rendón venía al frente, con la camisa azul a causa del sudor, conduciendo a Bolívar, pues Gómez Tirado se había quedado rezagado en una tienda de la primera cuesta y Heriberto Franco venía a cargo de las mulas que traían los baúles y que años después pastarían durante un tiempo en las dehesas de Otto Morales, antes de perderse definitivamente por los pajonales de Umbría. Después de tres días de marcha continua desde Pintada, pasando por Valparaíso y Caramanta, las mulas estaban que se iban al suelo. Pasaron junto a un hombre que desyerbaba el empedrado del parque, y sintieron que el hombre los miró y en el acto suspendió lo que hacía, pero ellos continuaron caminando lentamente hasta el atrio de la iglesia, donde al lado de la puerta principal despachaba la agencia de transportes encargada de entregar sano y salvo el cadáver de Gardel. Armando Defino aguardaba en Buenaventura, sin imaginar siquiera el tamaño de la cordillera por donde ellos iban caminando todavía y sin sospechar la naturaleza de semejantes caminos. La barbacoa venía floja y los palos a punto de reventar, pero ya no era necesario detenerse para apretar los rejos ni para cambiar nada, pues estaban llegando con el caer de la tarde. Y fueron arrimando al atrio de la iglesia y la gente empezó a arremolinarse y de entre la gente apareció un viejo que habló por todos:

—¿Qué diablos traen ahí? —dijo.

Arturo Rendón, que estaba más cerca, respondió:

—Una imagen.

—Ahhh...

—¡Ojo con los palos que estamos dando la vuelta!

—¿Y, una imagen de qué?

—De Cristo Redentor —terció Heriberto Franco, que ya había conseguido llegar hasta la parte trasera de la barbacoa.

—¿Y la traen para la iglesia?

—No, va para Armenia.

—¿Para la catedral de Armenia?

—Así será —dijo Heriberto Franco.

—¡Ojo con los palos!

—¿Y para qué diablos tantos baúles, caballeros?

Heriberto Franco se sonrió:

—Es el ajuar de la imagen —dijo.

El viejo se quedó pensando:

—Cristo Redentor jamás necesitó de tanta ropa —gruñó.

—Pues este Cristo sí, dado que no desea que lo vean en pelotas.

La conversación con el viejo hubiera sido sólo cosa de niños si apenas minutos después no se hubiera convertido en el punto de partida de una desbandada general. Algunos en Riosucio habían escuchado el rumor acerca del paso de Gardel rumbo a Buenos Aires, pero ese rumor no precisaba el día, ni el mes ni las condiciones. Así que quienes creyeron en semejante historia habían estado esperando el paso del cadáver seis meses atrás, durante el mes de julio o cuando mucho en las primeras semanas que siguieron al accidente. La noticia la habían recibido y procesado en medio de tantas copas y celebraciones anticipadas, que ahora ellos mismos no sabían si el asunto hacía parte de la verdad histórica o debía conservarse más bien en el anecdotario de las fanfarronadas propias del alcohol y la bohemia. De modo que al observar aquella barbacoa con el féretro, seis meses después de lo esperado, la imagen que estaban contemplando terminó por instalarse en una especie de ensueño, y muchos creyeron que lo que estaban viendo era con seguridad sólo un resplandor de lo que ya habían visto.

Pero el viejo que acababa de indagar por el contenido de aquella caja estaba pensando por completo en otra cosa y tenía no tanto rabia sino desconfianza. El paso de Gardel por Riosucio había sido tan esperado, tan anhelado por todos seis meses atrás, que muchos juraban haberlo visto pasar al amanecer, hacía de eso ya seis meses, montado en una mula zaina y vestido de incógnito en medio de la niebla. Y fueron tantos los que lo vieron, que ya nadie creía que pudiera llegar a repetirse aquella visión algún día. Por ese motivo, en presencia de los nuevos acontecimientos, muchos pensaron que podía tratarse de una estratagema con fines desconocidos. Entonces, mientras desamarraban el féretro y lo bajaban de la barbacoa para depositarlo en el atrio, sobre tendidos de paja seca, el viejo murmuró para que todos a su alrededor escucharan la voz de la experiencia:

—Ninguna imagen, señores, este cajón viene lleno de fusiles y de munición para los liberales hijos de puta.

Y con eso fue suficiente.

—¡Fusiles para la insurrección liberal! —gritó, dirigiéndose a todos.

Gómez Tirado escuchó el lanzamiento público de aquella sugerencia y no supo qué hacer. A partir de ese momento se le vio preocupado y cuchicheando por debajo del vuelo de su capote de monte, tanto con la primera autoridad del poblado como con el cura de la parroquia contigua, a quienes ofreció explicaciones sobre el verdadero contenido de aquellas cajas, informes que suplicó fueran tratados de manera absolutamente confidencial para evitar el alboroto. Esta verdad no podía hacerse pública, pues lo poco que habían dejado en su lugar los devotos de Supía podía terminar de esfumarse en el altar de Riosucio, y si las cosas seguían presentándose de este modo, a Buenos Aires no iba a llegar prácticamente ni el ripio. La ropa y los enseres de utilería que venían en los baúles, incluyendo sombreros, telones, cartas de amor, espejos de todos los tamaños, perfumes y lociones, zapatos de charol, retratos narcisistas, guitarras y varias docenas de bufandas, no eran precisamente lo más característico del ajuar de Cristo Redentor. Por esa razón, ni el féretro ni los baúles podían ser abiertos ante el público, para mediante su exhibición contrarrestar la hipótesis de las armas que debían alimentar la insurrección liberal. Y fue entonces cuando el anciano comenzó a caminar hacia atrás, sin dar su espalda al féretro, murmurando insistente lo de los fusiles y como si acabara de hacer un poderoso descubrimiento. Y junto con él se fueron replegando las mujeres y los niños. Sólo quedaron allí la primera autoridad del poblado, que acababa de ser informada del incidente, el cura de al lado, que se había tirado a la calle con la sotana medio abotonada, y un puñado de curiosos y devotos, putas y malandrines de barrio aparecidos de pronto y que no se intimidaban ante nada.

—¿No es cierto que ahí adentro viene Gardel? —preguntó por fin una copera, tapándose la cara.

—Ya les expliqué a todos ustedes que ahí viene la imagen de Cristo Redentor —insistió Gómez Tirado.

—Yo quiero ver.

—Viene zunchado.

—Ahhh...

A las siete de la noche la imagen de Cristo Redentor ardía ya en medio de cuatro velones traídos de la parroquia, en un costado de la pequeña sala de la empresa de transportes. El cura explicó a quienes se resistían a abandonar el lugar, que la imagen sagrada también se merecía su buen alumbrado. Arturo Rendón y Heriberto Franco se habían acurrucado en un rincón, y desde allí se dieron a la tarea de admirar el esplendor de aquellas mujeres que habían huido de sus obligaciones en sus casas o en los prostíbulos y que ahora se encontraban arrodilladas junto a la caja, tapadas con pañuelos y algunas de ellas con mantillas. Y contemplaron sus rostros tan misteriosos como pálidos y vieron en sus ojeras pintarrajeadas todo el peso y el agobio del mundo. Las putas se habían venido vestidas tal y como pensaban enfrentarse a la noche, con sus faldas rajadas y sus pechos a la vista. Y traían tacones altos y llevaban puestas sus medias de seda, prendas que las habían empujado hacia la perdición. Todo allí ocurría del mismo modo como sucedía en la letra de aquellos tangos, valses y milongas que ellas escuchaban en sus prostíbulos y bares de la mañana a la noche, de manera tal que a fuerza de escucharlos habían podido dejar de ser ellas mismas para pasar a convertirse en aquellos personajes que esas letras instauraban en su lugar y ellas representaban con tanta devoción, pasión y pureza.

Una de ellas, una tal Ludivia Londoño, a quien por la contundencia de su rabadilla denominaban la Batidora, había tenido oportunidad de ir a ver la Loba en un teatro de Medellín, y a partir de ese momento y con la ayuda de un par de milongas cuya letra aprendió de memoria, regresó a sus andadas en Riosucio y empezó a representar, sin proponérselo, la vida de Ilda Pirovano. Lo mismo había ocurrido con los compadritos y los malandrines domésticos, que iban por el mundo de los bares y de los cafetines representando papeles imaginarios y poniendo en escena los libretos de las piezas teatrales que ellos derivaban de cada tango. Desgarraban su alma con la misma pesadumbre de aquellas canciones y se vestían como en las láminas que colgaban de las paredes. Pero también caían subyugados ante el encanto de las películas que ciertos viajeros les narraban o que ellos mismos conseguían ver en los teatros improvisados en los patios de las casas, a veces desde las ramas de los árboles. Y por esa razón todo empezaba a ocurrir allí como si del féretro se estuvieran apoderando las putas. Ellas eran quienes ahora lo rodeaban, quienes lo lloraban, quienes lo reían, quienes lo libaban. Algunas habían salido a la esquina y habían regresado con botellas de cerveza y copas de brandy. Y trajeron además cajas con chuletas de cerdo y platos con chorizos y raciones de frijoles guisados con tomate, cebollitas y pezuñas de cerdo. Y lo compartían todo, abrazadas, cantando mientras se balanceaban beodas. Otras fueron hasta el parque y regresaron con dalias, crisantemos y otras variedades azules y amarillas. Y despetalaron las flores y pusieron sobre la cubierta de lona encerada otro manto hecho por ellas. Y se sentaron en el suelo, al lado de la caja, y murmuraron con respeto las canciones que al azar empezaban a circular por su corazón. Y mientras la niebla terminaba de apoderarse del parque se escucharon en aquel tibio rincón de Riosucio las letras de "Caminito" y "China hereje" y "Tomo y obligo" y "Callecita de mi barrio". Y Arturo Rendón vio cuando de los ojos consternados de aquellas mujeres caían lágrimas purulentas y vio el modo cómo se limpiaban con las puntas de sus pañuelos y de sus mantillas. Luego de lo cual se produjo un larguísimo silencio, y después del silencio una poderosa carcajada, como de mujeres que han entendido que a pesar del dolor la vida sigue y el bailongo continúa. Y como algunas de ellas ya estaban ebrias, se tomaron de la mano y empezaron a bailar una milonga y fueron hasta los pilares donde los hombres estaban recostados y se abrazaron a ellos y se entregaron en sus brazos. Hasta que, de repente, la Batidora se paró en el centro del salón y gritó:

—¡No sé qué putas hacer con este sufrimiento!

—¡Buscáte un mancebo! —gritó alguien entre el público con voz chillona.

La mujer clavó instintivamente sus ojos amarillos y vidriosos en el maricón que había chillado:

—Ya lo busqué y ya lo perdí, queridita.

—Mala suerte, mujer.

—¡Mirá, hijo de la puta marrana, no te metás conmigo! —dijo, y desenfundó un cuchillo.

El maricón se escurrió como pudo antes de ser alcanzado, y quienes estaban a su lado aseguraron que había ido a mancarse con su propio cuchillo. Entonces, ante el fracaso de su desespero, la mujer se puso a temblar y gritó que quería medirse ya mismo con cualquiera y dejó ver en sus ojos todo el dolor que arrastraba por el mundo y el amasijo de culpas de que se había hecho responsable desde su niñez. Había crecido en la contemplación absorta de imágenes de santas y de niña había guardado en su regazo estampas de mujeres virtuosas y vírgenes de todos los países, de modo que al producirse el desdoblamiento de su posterior sexualidad prostibularia comenzó a sentirse culpable de todo lo malo que pudiera suceder en el mundo a causa del esplendor generoso de sus carnes. Los libros sagrados aseguraban que las mujeres, sin distinción, eran el origen de la caída del género humano en el fangal y en su correspondiente condena bajo la forma de fuego ilimitado. Y ella se sentía, por causa de semejantes imputaciones, la encarnación de la impiedad y la impureza. Y, cuando estaba ebria, sus ojos se ponían aún más amarillos y vidriosos y por lo más insignificante ya estaba sacando a relucir su puñal para dedicarse a batirlo en el aire. Hasta que de repente dio otro paso adelante, puso su mano encima de la lona encerada que cubría el féretro y gritó:

—¡Las llamas del infierno en que me perderé para siempre son las mismas en que Gardel trepó al cielo!

—¡Carlitos ya está en el cielo, sí señor! —gritó otra mujer.

—Sí, él fue purificado por el fuego.

—Pero en este preciso momento, compañeras, su cuerpo está aquí con nosotras —dijo la Batidora golpeando la caja.

—Hablaba sólo de su alma, querida.

—¡Yo hablo de su cuerpo, rameras, de este cuerpo que nos acompaña! —repuso la Batidora, dando una palmada encima de la caja.

—¡Pasáme otro brandy, Bati, que vos hablás muy sabroso!

—¡Tenélo, corazón!

—¡Que viva Carlitos!

—¡Silenciooo!

Y Arturo Rendón vio otra vez los ojos de aquella mujer y de repente sintió que el dolor que había en ellos era el mismo dolor suyo. Todavía en el centro del salón la mujer comenzó a cantar "Cicatrices", en solitario, haciendo revolotear su puñal en el aire. Luego se fue calmando y empezó a sollozar y cayó al suelo junto al féretro y de allí la recogieron sus amigas y se la llevaron para el bar de la esquina, donde para recuperarla le dieron a beber limonada y una taza de café tan negra como amarga.

Un poco más tarde y custodiado por dos policías, cuando ya iban siendo las ocho, se hizo presente de nuevo en el lugar la primera autoridad del poblado. Pronunció ante la gente que llenaba la sala un discurso cifrado y enigmático, después del cual nadie supo a ciencia cierta qué era lo que en realidad estaba pasando ni cuál era la versión oficial acerca de lo que reposaba ciertamente dentro de la caja. Pero las prostitutas tenían su instinto y nadie las iba a convencer de lo contrario. "Aquí está escondido Carlitos, lo que pasa es que a todas nos creen caídas de la baba", decían, y se doblaban a gemir pero también a reír encima del féretro. "Carlitos pasó hace tiempo montado en una mula negra, pendejas", argumentaban otros. Pero ninguno de los presentes se quería ir del lugar, porque nadie estaba dispuesto a perderse nada de lo que pudiera pasar. Hasta que llegó un conjunto de cuerdas que alguien arrastró de un bar, y media hora después todos estaban abrazados cantando milongas, valses y tangos, y hasta se vieron parejas bailando por los rincones.

"Es la ideología de la noche, donde todos bajan al fango por igual", pensó Arturo Rendón al presenciar de nuevo las imágenes de su recuerdo, recostado en el camastro, tal como ahora se encontraba. Una ideología que prendía y se hacía posible sólo en los bajos fondos, hasta donde se arrastraban los de arriba para cantar y abrazarse fugazmente con los de abajo y contarse de paso sus penas por igual. Y que duraba sólo hasta el amanecer, cuando cada quien comenzaba a desfilar de nuevo hacia su realidad y a trepar a su correspondiente palomera.

Y desde donde estaba, Arturo Rendón miró hacia la mesa y vio la silueta oscura de su sombrero. Y pensó que tal vez él también estaba representando a otro en este mundo, alguien que de ninguna manera era él mismo, aunque sin tener que llenar para ello su cabeza de relatos de caballería. A lo lejos empezó a escuchar el murmullo de la música de los bares, que nunca había dejado de acompañarlo pero que todavía no había alcanzado a escalar hasta su conciencia. La plenitud del sonido de la calle fue tomando cuerpo y escuchó así el declinante murmullo del mercado y perros crepusculares que ladraban en las esquinas y caballos que hacían sonar sus últimos cascos en el piso de piedra bajo el peso adormilado de sus jinetes. Y se asomó a la ventana y vio el fluir de la vida y pensó en los cadáveres que acababa de ver en el último descenso del camino y entonces no supo qué hacer. "La vida no se da cuenta de la muerte que lleva por dentro", se dijo. Y levantó los hombros, como queriendo significar lo olvidadiza que era la vida, y juzgó que había llegado el momento de ir a buscar un lugar donde comer alguna cosa. "Heme aquí, perdido en un hotelucho de Riosucio", se dijo, junto a la ventana. Y se miró las manos y encontró que estaban amarillas y que, además, temblaban en la oscuridad. Y palpó sus cachetes y sintió que tenía algo de fiebre.

17

El fino olfato de su alma y el fardo de melancolía que
llevaba sobre sus hombros lo fueron conduciendo, poco
a poco, empujado por las indicaciones de una extraña
brújula, hasta el mejor prostíbulo. Acababa de devorar-
se un tazón de judías que acompañó con abundante
arroz y una posta de tocino carnudo. Y encima bebió
claro de maíz con panela raspada y de postre encendió un chicote. Después de comer salió a la calle, se
metió las manos en los bolsillos y se dedicó a caminar
a la deriva. De todos modos traía puesto su sombrero
para terminar de secarlo al aire y porque sentía que sin
él no era nadie. Hasta en la ducha se sentía mal si no
tenía calado su sombrero. Le fascinaba lucir con él en
el redondel del espejo y pensaba que el mundo era otro
mirador todavía más grande donde él podía salir a pavo-
nearse y a observarse a través de la mirada de los otros.
Para eso era la nueva manera de asumir la calle en la
que él había resuelto instalarse una vez que descubrió
el pleno sentido de las letras del tango, y para esa exhibición de espejo eran los cafés, los prostíbulos y los bares.
Iba allí para ver a los otros pero también para ser visto. Y sentía que el mundo urbano de las callecitas de
otro tiempo había dejado de ser lo que hasta entonces
había sido, para pasar a convertirse en una especie de
escenario donde cada transeúnte representaba un papel
capaz de sumar a la puesta en escena de una gran obra
colectiva, como lo era la ciudad. Y el desempeño de

ese nuevo papel actoral en su vida lo tenía fascinado. Cuando iba por los caminos de arriería, en aquellas pasadas épocas, y cuando al final de las jornadas llegaba a los poblados y se sentaba en los cafés a conversar y a tomarse unas copas, iba allí a lo que iba y no a sentir el placer de observar y ser observado. Pero ahora, en su nueva vida urbana, Arturo Rendón se había convertido en una pieza de doble observación, especie de objeto artificial que él mismo había hecho de sí para su propia contemplación en el espejo o para la contemplación de los demás. Y salía a la calle, habiéndose antes acicalado hasta el más mínimo detalle, y sentía que entre el espejo donde acababa de mirarse en la pared de su inquilinato y los ojos del público callejero donde él también se hacía contemplar había una extraña continuidad de naturaleza. Pero el papel que de pronto él había comenzado a representar para esa teatralidad pública que ocurría en las calles, prostíbulos, bares y cafés, no era un papel elegido libremente sino venido a él desde afuera bajo la forma de representación imitativa de personajes del cine o de la música que encarnaban sus ideales. Había que instalarse cuanto antes en ese nuevo mundo de la cinematografía y del espectáculo, y había que vivir la vida interiorizando esa nueva sensibilidad y esas nuevas formas de vestir y de pensar. Arturo Rendón había quedado entonces, de este modo, convertido ahora en la ropa que él usaba, en su nuevo modo de peinarse y de inclinar el ala de su sombrero y de abotonarse su chaleco y su saco, con su correspondiente manera de vivir y de asumir aquella nueva estética y sensibilidad.

En medio de esa nueva realidad, el tango se había apoderado de él y de las personas que lo rodeaban. Esa tristeza de la música y de las letras lo decía todo por él y por ellos. Las putas cantaban felices a su lado en los prostíbulos, pero cuando se pasaban de copas se ponían a llorar y con la ceniza de ese llanto lavaban sus culpas. Y sin necesidad de pasarse de copas y de llevar una vida prostibularia, las nuevas obreras, emigrantes urbanas hijas de campesinos, al terminar la jornada desfilaban fascinadas por las calles, pero tarde o temprano tenían que ir a parar de nuevo a sus cuartuchos de inquilinato o de internado en los patronatos, y desde la soledad de las ventanas miraban la calle y se ponían a recordar con nostalgia el mundo rural de donde habían huido y al que después de todo y a pesar de esa nostalgia jamás soñaban con volver. Hombres y mujeres sumidos en la nostalgia del desarraigo rural pero al mismo tiempo en la alegría de la nueva vida, que los destrozaba, instalados en el centro de semejante conflicto y perturbados por las imágenes de una iconografía religiosa poblada de escenas de terror y de crueldad, en cuya absorta contemplación habían crecido y alrededor de la cual habían construido la zona más remota de su infancia. Hombres y mujeres sin origen, sin linaje, sin historia, que huían a la ciudad naciente donde encontraban por igual estiércol y abrigo, soledad y nuevas formas de compañía civil a través de la observación mutua generalizada, espectáculo en el cual cada quien podía participar y ser protagonista escénico con el solo hecho de salir a la calle para mirar y ser mirado. Las letras del tango, su dramatismo interior y el mundo del malevaje lo decían todo por Arturo Rendón, abandonado de sí mismo en esa nueva orfandad de la ciudad, que le permitía vivir el frenesí de una nueva vida de libertades solitarias en medio de liminares culpas, borracheras, arrepentimientos, transgresiones inimaginables y noches enteras de melancolía sin retorno. Madres solteras, hijos bastardos nacidos de aquella libertad, mujeres fatigadas por el despegue comercial e industrial, tangos, bares y cafetines, milongas y valses, hombres abandonados y retraídos, derrotados por el nuevo estilo de vivir y de sentir pero asumidos varonilmente en la derrota de sus antiguos privilegios. Por esa razón Arturo Rendón sentía que el tango era él mismo. Y que entre él y Carlos Gardel y Corsini y todos los de la pléyade existía una especie de desgracia en común, una tragedia compartida que venía desde la infancia y que habría de cumplirse hasta la muerte. Algo así como una extraña consanguinidad plebeya que le permitía compartir a él con sus cantantes, míticamente, el confuso origen espacial y temporal de sus días, la oscura paternidad, el ascenso social arribista a brazo partido y la alucinante purificación por el fuego al morir, como en Gardel.

Pero, además, y sin saberlo, el tango manifestaba para Arturo Rendón una dolida queja frente al cambio moderno que se expresaba en ese nuevo tejido de técnicas, costumbres y valores. Sin embargo, el tango no se le presentaba como una respuesta retardataria. Era, más bien, aquella canción capaz de describir el dolor del proceso, acompañándolo; capaz de instalarse sin pudor en la herida abierta por la modernidad y de ofrecerle su cabeza al hacha de Moses. Hombres y mujeres sufriendo de pie, instalados con su dignidad intacta en medio de ese pensamiento triste que se bailaba, sin pretender vueltas al pasado y asumiendo cara a cara la alta exigencia de la desesperanza. La queja contramoderna del tango significaba para Arturo Rendón, sin darse cuenta, el triste caldo donde sentía que debía instalarse para poder enfrentar sin apelación la nueva ciudad de su agónica y conflictiva alegría sin retorno. Arturo Rendón sentía en carne viva que estaba asistiendo a la desaparición de un mundo interior y exterior al que él había pertenecido y continuaba perteneciendo a través de sus afectos y recuerdos. Pérdida irreversible que le causaba dolor y desconcierto pero que al mismo tiempo le producía el raro frenesí de su espectáculo, del que él mismo se sentía protagonista, espectador y cómplice. La tristeza argentina del Buenos Aires de comienzos de siglo se había convertido de pronto en una especie de dispositivo universal para sentir y asumir el otro lado de lo moderno, de la misma naturaleza de la tristeza que por entonces padecía medio país colombiano, y que encontraba en aquellas canciones la mejor expresión de sus paradójicos sentimientos. El despecho, especie de desengaño padecido por muchos y convertido en estado del alma, mediante el regodeo alrededor de la sensación de haberse malogrado algún propósito en que se había comprometido la vanidad y el honor, ésa era la nueva habitación espiritual de Arturo Rendón y de quienes, como él, vivían en los inquilinatos y barriadas suburbanas. Pero, en medio de esta habitación, sentía que los nuevos objetos del bienestar material y de la técnica le fascinaban tanto como le asombraban, aunque al mismo tiempo le producían aquella nostalgia de que se suele hacer acompañar la demolición de las tradiciones. La ley del dinero lo copaba todo, incluso el espacio de la amistad y del amor, con su cinismo y su objetiva e implacable crueldad, y él sentía que a sus pies caían los pedazos de carne obsolescente de los valores del honor y la lealtad, que se iban al tiesto de la basura junto con la época a la que habían pertenecido y de la que habían derivado. Y abría sus ojos ante semejante espectáculo, y en medio de las putas que iban y venían y de las copas que embriagaban su cabeza se doblaba sobre sí mismo a cantar "Cambalache", aquella canción que estaba por encima de todas las demás a la hora de expresar el dolor antimoderno.

Mientras hacía su deriva por las calles de Riosucio, rumbo al prostíbulo que su nariz de viejo lobo de mar olfateaba en la distancia, Arturo Rendón estaba a punto de admitir que el dolor interior era el precio que debía pagar a cambio de aquel destrozo fascinante. Y no entendía nada, porque nada de lo que sucedía estaba hecho para ser entendido. Se había dedicado más bien a vivir la complejidad del proceso, sin poder evitar que la nostalgia viniera a convertirse en la mejor manera de representar el sentido de aquella experiencia. La única compensación que él encontraba, en medio de la tiniebla de los hechos y de sus sentimientos encontrados, era la alegría causada por el frenesí urbano en que de pronto había quedado instalado, disfrutando de la compañía de una rica constelación de estrellas del celuloide y de aquella canción cuyos ideales, modas y modales, definitivamente lo habían cautivado.

Y presenció cuando la niebla que bajaba del farallón terminaba de ocupar la plaza para apoderarse de las copas y de las ramas más bajas de los árboles, que se doblaban hasta tocar las sombras que había en el suelo. Y vio el brillo de las piedras y el fulgor de las lámparas en las esquinas, cuya luz se difuminaba a través de los zarcillos que formaba la niebla. Pasó frente al monumento levantado a la memoria del Diablo y se sonrió. Y vio las máscaras de carnaval, las túnicas azufradas y los cuernos encendidos, y sintió la vaharada de su cola pasar como una centella anaranjada junto a sus piernas. Dobló la esquina y vio la bombilla roja en el portal. Y, bajo aquella señal en clave observó dos chicas recostadas a cada lado de la pared, ocupadas en mirarse, distraídas, en el redondel de sus correspondientes espejos de mano. Pasó entre ellas, saludó con una nalgada a cada lado y entró, dejando tras el paño de su espalda un espeso rumor. Fiel a su tradición, Arturo Rendón fue a sentarse en el rincón que encontró más a su gusto, se despojó de su sombrero, se desabotonó el saco y puso lumbre a su chicote. Desde allí miró hacia la calle y por la grieta vio pasar blancas correas de niebla que lo dejaron perplejo.

Los cuartos se veían iluminados por lámparas que se alimentaban con hidrocarburos oleosos y que habían sido revestidas de papelillo rojo. Pero aun así las sombras que los cuerpos proyectaban contra los muros eran negras. Poco a poco Arturo Rendón se fue haciendo al ambiente, y lo que en un principio parecía invisible muy pronto comenzó a hacerse patente. Y fue entonces cuando pudo identificar en la penumbra al que podía ser el propietario del establecimiento, un hombre al que todos denominaban el Mocho. El hombre entonaba, lleno de la mejor voluntad, ora con voz de tanguista, ora con encanto de milonguero, las piezas más reconocidas de la pléyade canora del Río de la Plata. "Estos gordos cantan siempre bastante bien", pensó. Pero al mover sus ojos hacia el otro lado vio un gran espejo adherido a la pared del fondo y dentro del espejo el cuerpo almendrado de una mujer totalmente en sus cueros, danzando en solitario las letras que el gordo interpretaba desde la zona de la registradora. A los costados había mesas con gente que bebía cerveza con la quijada hundida en el cuenco de la mano, y que observaba absorta el modo como la chica bailaba ante sí misma en el vacío sin fondo del cristal. El vello de su pubis fulgía iluminado por algunas lámparas, y tanto sus ubres como sus muslos rozaban el vidrio y se deslizaban por la superficie hasta quedar convertidos en pura y física fiebre. Delirio que fue todavía mayor cuando hizo su ingreso al salón un conjunto integrado por una docena de ancianas vestidas de azul, cada una de las cuales estaba cubierta con una cofia y armada con su violín. El grupo se hacía llamar "Las alondras de Villa María", y una vez que el gordo de la registradora dio término a su desapacible chicharreo, las ancianas entraron en acción, no sin antes caer dobladas encima de sus instrumentos. Y cuando Arturo Rendón pidió que le explicaran siquiera una mínima parte de cuanto estaba sucediendo, vino en su auxilio una puta octogenaria que se burlaba de sí misma como ninguna otra mujer en el mundo, mientras a cada rato se sorbía el bigote: "hace una semana que estamos conmemorando los quince años del paso de Gardel por estas tierras de Riosucio", dijo. Fue así como Arturo Rendón sintió de repente que el pelo de su nuca hacía escarcha y no tuvo más remedio que hacerse el desentendido. Bebió de su cerveza, se refugió en su chicote y se dedicó con ahínco a ponerle atención a una chica de verde que andaba por ahí de cacería y que le había clavado el ojo desde el principio. Con lo cual la octogenaria hizo un mohín de desprecio y desocupó la escena.

18

Son casi las dos de la madrugada y Arturo Rendón se encuentra acurrucado al lado de Heriberto Franco, mirando el féretro. Sus párpados se juntan con frecuencia pero se abren enseguida para no ir a perderse un solo instante de aquel largo ensueño. Todo lo que ha sucedido durante estos días le parece mentira. Dentro del salón reina una luz extraña, rojiza, y de los muros cuelgan gobelinos donde hay panteras y mujeres desnudas trepadas en góndolas que atraviesan lagos amarillos y varios ángeles esgrimiendo laúdes. Las chicas ya se han dormido tendidas en el suelo, encima de esponjosos tejidos, juncos sacados de las lagunas y hojas de palmiche. Y los hombres que hasta hace poco todavía quedaban por ahí se fueron escurriendo hacia la telaraña oscura, abrazados y cantando hasta terminar de disolverse en la lejanía. Recuperada de su borrachera a punta de limonada y café amargo, y después de un poderoso vómito, la Batidora duerme por fin plácidamente doblada encima del féretro, como una toalla roja. Gómez Tirado se acaba de marchar a dormir, y lo ha dejado todo al cuidado de los dos arrieros. Al amanecer treparían el equipaje al camión y empezarían a transitar el carreteable que los habría de conducir hacia Anserma, donde dormirían. Y de allí rumbo a Armenia, lugar donde el féretro y los baúles pasarían al Ferrocarril del Pacífico, aforados como equipaje de exportación.

—Vámonos a dormir, que aquí todos ya están muertos —dijo Heriberto Franco.

—Hace días que no duermo —respondió Arturo Rendón, frotándose los ojos.

—Me gusta ver las putas así, mansitas y serenas en la noche.

Arturo Rendón se quedó observando el paisaje que le era insinuado. De muy lejos llegó una música que él no alcanzó a reconocer. Y pensó que tal vez viniera de una fonda que había en el crucero a partir del cual empezaba la cuesta bravía que conducía a Jardín. La luz del salón pasaba con frecuencia del rosa al amarillo, y las carnes de aquellas mujeres parecían terciopelos manchados de aguasangre, a veces de azafrán.

—Quién iba a pensar siquiera que Gardel fuera a parpadear aquí en Riosucio, rodeado de estas joyas —volvió a decir Heriberto Franco.

—Está muerto, y así es la vida.

—Yo no sé lo que será o no será estar muerto, Arturo, pero uno queda convertido en un simple fardo.

—No sólo en eso.

—Un pedazo de cualquier cosa, hombre, no te hagás ilusiones.

—Pero de todos modos una cosa sagrada, me parece, así veo yo la cuestión —insistió Arturo.

—Ni tan sagrada, hermano. Todo lo demás resulta imaginario y lo poco que queda hay que ponerlo a salvo.

—¿A salvo de qué?

—Cosas que todavía pueden servir para algo, entendé.

—Vos profanaste esa caja.

—Fui práctico.

Arturo Rendón se quedó mirando a su compañero, lejanamente, como si todavía no terminara de entender el alcance de sus agallas. Y le pegó otra chupada a su cigarro, de donde ya no salía humo. Por un momento pensó que le gustaría comer ahora mismo un plato de habas silvestres, o un buen pedazo de armadillo asado. Y por la puerta observaron pasar una cabalgadura que llevaba su jinete doblado encima de la montura. Y lo vieron atravesar la plaza y en seguida perderse entre las sombras.

—Él hablaba por nosotros, hermano —dijo Arturo Rendón.

—No lo discuto, pero ése en el fondo no es el asunto.

Arturo Rendón rastrilló un fósforo y por tercera vez puso fuego a su cigarro. Heriberto Franco se quedó pensativo:

—Todo depende —dijo, frotándose las manos porque hacía frío.

—Hay niebla afuera —dijo Arturo—, cosa que no me gusta.

—Yo no sé leer, no sé si vos.

—Casi nada, pero eso tampoco viene al caso.

—Dicen que leer puede llegar a ser peligroso.

—Depende.

—Todo depende, huevón.

Se sonrieron como amigos, mirando hacia la noche. Pero en ese instante la Batidora se incorporó, abrió sus ojos, se abrazó al féretro y gritó:

—¡A mí este hombre no me lo quita ni el putas!

Después de lo cual cayó de nuevo encima de la caja y poco después se fue ablandando hasta quedarse dormida, como entre flores secas.

Entonces vieron pasar manadas de nubes que parecían rebaños. Los árboles del parque estaban negros y la piedra del piso brillaba en la oscuridad casi azul. Arturo Rendón rastrilló otro fósforo en serie y una vez más puso fuego a su grueso cigarro.

—A veces suceden cosas extrañas —dijo Heriberto.

—Estamos en el mundo, qué querés.

—Mejor vámonos, hombre, que ya estamos empezando a ver lo que no es y tenemos que partir al amanecer.

—Yo me quedo, andá vos.

Heriberto Franco le puso a su compañero una mano en el hombro:

—No entiendo nada de nada —dijo—, quisiera estar en tu corazón.

—Es Gardel el que está ahí, caramba, hombre, entendé.

—Lo que quedó de Gardel fue casi nada, te lo juro, andá asomáte.

—¿Vos lo viste?

—En la oscuridad.

—¿Lo tocaste?

—Fue sin querer.

—¡Decíme la verdad!

Hubo un gran silencio:

—¿Lo tocaste, no es cierto?

—Tenía la bufanda enredada.

—Eso quería oír.

—Pero juro que no fue más.

—¿Sacaste pellejo?

—¡Jamás!

—¿Dientes?

—¡Estás loco, dejá ya, dejá ya!

Ambos se quedaron absortos ante el espectáculo de las mujeres extendidas en el suelo, bañadas por el silencio y la penumbra. Y junto a ellas vieron el aura de su sueño y de su imperturbable tranquilidad. Vieron aquellos vestidos de tafetán rosado, verde y azul; vieron los moños adheridos no tanto a la parte de atrás de sus cinturas como en la cumbre de las cabelleras, y observaron el vestido color fucsia de la Batidora cubriendo sólo la mitad de sus muslos. Ahí estaban sus medias de seda colgando de un liguero cuyos broches alcanzaban a brillar en la entrepierna. Ambos zapatos por fuera de sus pies, ladeados, y sus dedos se veían doblados hacia adentro como cuando una persona al dormir se entrega y se abandona. Permanecía sentada encima de las esteras, y el resto de su cuerpo se doblaba encima de la caja de modo que ambos brazos estaban estirados y daban la vuelta hasta caer por el otro costado.

—Tengo ganas de comer alguna cosa —dijo Heriberto Franco.

—Bueno, pues andá a comer.

—Todo estará cerrado ahora, vos sabés.

—Ya muy pronto comenzará a amanecer.

—Me voy a recostar en aquel rincón.

—Andá, que ya te alcanzo.

19

Llegaron al hotel después de la media noche y por el camino la chica no hizo sino hablar como loca y saltar en la punta de sus pies. Y su cabeza era la de un conejito peludo suelto en la pradera. Los chorros de brandy que había bebido y las imaginarias rodajas de luna de miel que aguardaban por ella en el "hotel" la tenían así, levantada del piso, y no podía explicarse por qué. Dindondán, ni neblina ni nada, la sola felicidad. Pasaron por debajo de una gran penca de sábila y ella trepó las escaleras de dos en dos, siempre adelante de él, mirándolo todo. Arturo Rendón retiró el candado de las argollas, se quitó el sombrero y con un gesto de otra época invitó a la chica a dar el primer paso. Al quedar del otro lado de la puerta ella miró para todas partes y no pudo evitar santiguarse ante la "Imagen del Corazón Sangrante", que colgaba en la pared principal.

Ella no había tenido oportunidad todavía de ir al cinematógrafo a ver nada, pero caminaba contoneándose igual que en las películas, exagerando las formas y los ademanes de la experiencia vivida. Arturo Rendón tenía el doble de su edad y se comportaba como un experimentado coyote de las estepas. "Ni un brinco dará esta mujer", pensaba para sí. Puso su sombrero encima de la maleta, haciéndose el que meditaba en otra cosa, se desabotonó el chaleco y destapó la botella de brandy que acababa de comprar en el prostíbulo. Tomó los dos vasos que había junto a la jofaina y dejó correr en ellos un generoso chorro color ocre.

—Tené —le dijo, alargándole el brazo.

—Me querés emborrachar.

—Borrachos es mejor, niña.

—Es cierto, uno debería vivir a toda hora borracho y en pelotas.

—¡Ay, Dios!

—¿Qué pasó?

—¡Estas mujeres!

Arturo Rendón se quedó mirando a su chica, como si no pudiera dar crédito a su desfachatez. Y en el ínterin de aquella mirada tan carnosa pudo escuchar una música de suaves y tristes acordes que venía de no sabía qué clase de lejanía. Tal vez de "El Volga", ese otro café de la esquina que despachaba las veinticuatro horas, a menos de cinco metros del portal. La chica se acercó hasta su jurisdicción, tomó el vaso en su mano y se quedó mirándole la cara, frente a frente, como diciéndole a su hombre aquí estoy, queridito malparido, no me asustás a pesar de tu desenvoltura y elegancia, decí de una vez qué tanto es lo que querés conmigo. Y pudo ver, muy de cerca, lo que hasta ahora no había conseguido observar a pesar de todo:

—¿Qué diablos te pasó ahí?

—Me la dejó de recuerdo un enemigo, pero fue sólo un rayón.

La chica dio un traspiés:

—Te pudieron haber bajado la cara, hombre —dijo—, y apuró un gran sorbo de su vaso, excitada ante la contemplación de la herida.

Las cicatrices le fascinaban. Estaba convencida de que, en cualquier caso, representaban condecoraciones que la vida iba repartiendo a los hombres y mujeres del mundo por igual, según sus méritos.

—La cara entera, junto con la cabeza y la mitad del corazón —dijo Arturo.

—¿Vos sos peleador?

—De vez en cuando me hago matar.

La chica volvió a acercarse a ese hombre cuyo descubrimiento apenas empezaba. Y lo miraba y lo miraba, extrañada por causa del brillo que ahora cobraban todas las cosas a su alrededor. Turbación de mujer. Mucho más en creciente, niña bendita, habida cuenta de que la luna pertenece al que se la bebe. Y se pegó a él con toda la fuerza de su goma, como si acabara de quedar atrapada en el campo de fuerzas de un poderoso electroimán:

—¿Qué clase de desgraciado enemigo?

Arturo Rendón se tomó todo su tiempo, viejo coyote de las praderas, experimentado inventor de aposento, truhán de alcoba. Tenía que ingeniarse ahora mismo algo realmente bueno y contundente, algo que la dejara todavía más desgonzada de lo que ya estaba. Ah, un mentiroso. Y mientras urdía tuvo tiempo para deshacerse del saco, que colocó en el espaldar del asiento, y encima dobló el chaleco. Se desabotonó las mangas de la camisa y se aflojó el nudo de la corbata. Estaba haciendo tiempo.

—Un matón de lo peor —dijo al fin.

—¿Y vos, qué le hiciste?

—Lo mandé de urgencia para un costurero de nucas.

—¿Lo mataste?

—Todavía no lo sé.

—¿Vas huyendo?

—Podría ser.

La chica sonrió plena de satisfacción, como si estuviera entendiendo aquellas generalidades. Ardilla entre la maleza ensangrentada, ahora eran demasiados su brío y su alegría. Todo sucedía para ella como si acabara de tropezar en su camino con el encanto de un personaje de leyenda que la estuviera empezando a hacer feliz con sus hazañas. Su cabeza mucho más cargada de mota y de basura que la de una conejita entre el rastrojo, a todo lo cual venía a sumarse el nervioso movimiento de sus ojos y de sus orejas. Y fue tanta la atracción que sobre ella ejerció la visión de aquella herida, que de inmediato pasó suavemente su mano por encima de su registro, sin poder controlarse.

—¿Hubo algún motivo?

El hombre volvió a tomarse todo su tiempo, que aprovechó para beber de un solo empujón el contenido de su vaso. Fue hasta la ventana, ojeó la calle desierta y regresó. Con el antebrazo barrió el brillo de dos lagrimones suyos y se fue quedando pensativo:

—El hombre se metió conmigo —dijo, al cabo de un rato.

—Se metió en qué sentido.

—Se metió gravemente.

—No me parece suficiente.

—Pero lo fue, cosa de hombres.

—¿Hubo de por medio una mujer?

—De por medio en qué sentido.

—Un amor, algo así.

—Yo nunca peleo por amor, chica, no me insultés, pero me hago matar por el honor.

Y eso la mató.

La música que llegaba de la esquina sonó entonces mucho más fuerte y él la tomó en sus brazos, como caída del aire. La dobló hacia atrás, quebrándole la figura, y dibujó con ella en la sombra de la alcoba la primera silueta. De inmediato ella le pasó su brazo derecho por la espalda y obedeció al fiero impulso con el que era honrada, sacando hacia atrás el pie izquierdo y mirando con no poco malevaje hacia el muro del aposento, que estaba cubierto de papel de colgadura y que ante sus ojos se abría al vacío de lo impenetrable. Arturo Rendón giró todo su cuerpo, arrastrándola a ella hacia el centro de un lugar cuya significación él ignoraba, y la chica entró allí y en el acto quedó congelada en una imagen fría y quieta que la hechizó. El tango fileteaba ahora su vida y la dejaba expuesta en cada gesto que le era arrancado, en cada giro que la suspendía en el aire, en cada movimiento seguido de sus correspondientes grietas y quietudes. Y así, despellejada, ella sentía que conseguía ser sintetizada en otro tipo de unidad hecha sólo de fragmentos. Y los dos se regodeaban en aquella tristeza de rápidas y entrecortadas siluetas, como si se hubieran empecinado en tasajearse mutuamente a través de la profundidad quieta de sus quiebres. Ninguna ilusión había en común en el horizonte, ningún color rosa naciendo entre los dos, ningún verde porvenir compartido, ningún pedazo de proyecto concertado. El tango representaba para ellos, en la actual soledad del aposento, esa manera de asumir el vacío sin esperanza del mundo moderno, que ofrecía a sus fanáticos ese otro gran lado triste, tan propio de su naturaleza. Baile en el límite de la situación decisiva, salto al vacío, danza de la ausencia mucho más que de la presencia.

Al terminar la pieza la chica suspiró, poseída, parpadeó varias veces, enneblinada por la contundencia del encanto, fue a soplar la llama de la lámpara y sin más trámites empezó a desnudarse. Si él quería ir a lo concreto, como parecía, ella lo deseaba mucho más. Estaba por fin madura, seducida. La liebre, la tierna y puta conejita con su coño ahora húmedo y sus pezones en flor, entregada como una culebra. Y Arturo Rendón vio cómo de las tinieblas del bosque negro empezaba a surgir el resplandor rosado de su carne íntima. Si tuviera hojitas de col, pensó. Si tuviera al menos la puntita de una zanahoria, qué lindo sería. Y entonces él mismo comenzó a desnudarse, sin dejar de mirarla para no irse a perder ni siquiera un detalle, amontonando el resto de su ropa encima del asiento donde al parecer ella también la estaba colocando. Pero la soledad le empezaba a zumbar desde la lejanía. Poco a poco el aposento se fue llenando del escaso resplandor que conseguía atravesar el delgado tul de las cortinas.

—Encendamos de nuevo la lámpara —dijo él, casi implorando.

—Con la luz encendida me entieso como un rejo y no puedo ni cerrar los ojos.

—En la oscuridad me pongo triste, niña, encendamos la lámpara, hacéme ese favor.

—Pero te estoy diciendo una y mil veces que con la luz encendida yo no puedo hacer nada, hombre, entendélo.

—¿Y entonces qué hago?

—Vení acá yo te consuelo, dejá ya de joder.

Y él caminó obediente en medio de la tiniebla hasta el borde del lecho y sintió que a partir de ese instante empezaba a ser consolado como nunca antes lo había sido. Al rato ambos se quedaron recostados en silencio, acariciándose, y así permanecieron hasta las primeras horas del amanecer, cuando ella por fin se durmió, complacida y por primera vez coronada de flores. Entonces Arturo Rendón fue hasta la ventana y se sentó en el suelo, desnudo, y se puso a mirar hacia la calle, que apenas nacía. Y vio abrir las puertas de la cafetería de enfrente y permaneció absorto ante la mujer que barría abajo el estropicio de la noche. Vio cuando alguien, armado con un trapo, limpiaba la superficie de las mesas y el fondo de los asientos de cuero. Al rato, todavía sin haber clareado, vio llegar a la puerta de la cafetería tres caballos y observó bajar a sus jinetes y vio cuando lentamente arrastraban sus zamarras por la vereda y cuando se sentaban delante de una de las mesas y pisaban con sus pies descalzos la punta de los cabestros. Y vio el brillo de las espuelas que llevaban en sus talones y el modo como se abrazaban entre sí como si fueran hermanos y al rato observó cuando delante de ellos colocaban tazones de caldo humeante y bandejas con carne, tocino, frijoles y arroz con tajadas de plátano y grandes papas negras e hirvientes. Aparecieron de pronto dos perros que no hacían sino olfatearlo todo, y los vio levantar sus patas contra la cenefa zapote y luego escarbar hacia atrás, sin mirar siquiera correr el líquido amarillo acabado de salir de sus entrañas. Los caballos cambiaban de posición a cada rato, moviendo su cuerpo y levantando una pata enseguida de la otra, y de repente vio que en el borde de los bocados de sus frenos había restos de lejana espuma verde. "No vienen de tan cerca", pensó. Y así desnudo y sentado en el suelo presenció cómo la calle se iba llenando de gente y cómo las puertas cerradas se iban abriendo y el griterío se apoderaba del aire y empezaban a pasar grupos más nutridos de caballos y bueyes vestidos con sus enjalmas blancas y sus angarillas. Y miró hacia el lecho y vio la luz del amanecer llegando apenas como una extraña frontera de claridad hasta la mitad de la alcoba, mientras allá entre las cobijas dominaba aún el reino de la sombra y la tibieza. Y recostó su cabeza al marco de la ventana y se quedó medio dormido, pensando en las reliquias que habría de reclamar a Heriberto Franco, si acaso lograba toparse con él en su incierto recorrido por la región Umbría. Su tío Anselmo esperaba noticias y él mismo tenía que poner cuanto antes fin a su aventura y abrir de una vez su museo gardeliano, tal como desde hacía tantos años lo venía soñando. Y cuando vio los primeros resplandores bañar con su luz el pelo de los cascos de los caballos y enredarse como oro derretido en sus crines, fue hasta la maleta, se envolvió en la toalla y caminando en la punta de los pies salió al corredor, decidido a darse una ducha. Al regresar, encontró a su chica acomodada en el asiento donde él había dejado su ropa, haciendo revolotear en el aire la blancura de una prenda:

—¿Y, esto qué significa?

Tiritando de frío y con su negra cabellera todavía mojada y goteando en el piso de tablas, Arturo Rendón reconoció de lejos los sostenes de su Leona.

—Eso no significa nada, chica, dejá eso quieto.

—¡Me has matado de una puñalada! —gimió ella, doblándose sobre el espaldar del asiento.

—No entiendo nada de lo que aquí está pasando, chica, explicáme.

—¡Vos sos un canalla!

—¿De dónde has sacado esa cosa?

Ella lo miró por primera vez en la luz del amanecer, y su pelo ya no era el de una conejita sino el de una comadreja acorralada:

—De aquí —respondió, señalando el bolsillo derecho de su saco.

—¡Ohhh! ¿Me estuviste esculcando?

—¿Y es que no puedo? ¿Andás por el mundo coleccionando sostenes?

Arturo Rendón se puso serio:

—No tengo por qué darte explicaciones, chica, pero de ser necesario hasta podría dártelas.

—¡Ninguna explicación de nada!

—Por favor, no te pongás así que todavía no son las seis.

—Las puñaladas marraneras no se explican, tenés razón, y mucho menos cuando apenas estoy abriendo los ojos.

—¡Allá vos!

Ella se paró del asiento y regresó al borde del lecho, ya un poco más tranquila. No valía la pena pelear con un desconocido por un trapo de ésos.

—¿Son de tu mujer?

—No tengo mujer.

—¿Entonces de quién?

—Me los regaló una amiga en Caramanta.

—¿Una amiga o una puta?

—Una amiga.

—Si los hombres no fueran así de mentirosos, ni auténticos hombres serían —dijo ella.

—Y si las mujeres no se angustiaran por tan poco, como tontas, ni mujeres serían.

Hubo entre tanto un gran silencio. "No vale la pena pelear con este tipo", pensaba ella. "Lo importante es que pague lo que debe y que se vaya." De pronto la chica dijo, mirándose las uñas de los pies:

—Te estuve viendo.

—¿Viendo qué?

—Desnudo en la ventana, y allí eras otro.

—Te hacía dormida.

—En este oficio uno aprende a dormir dándose cuenta hasta de lo más mínimo.

—Vamos a desayunar. ¿Querés chuleta?

—¡Quiero chuleta!

—Vamos allí, a la cafetería de enfrente, hace rato estuve mirando las bandejas que ponen.

—Vamos, vamos.

Y empezaron a vestirse con premura. Pero cuando ella lo vio enfundarse dentro de su vestido de paño y abotonarse su chaleco cruzado como él muy bien sabía hacerlo y enseguida ajustar su corbata de pepitas rojas en el hoyuelo de su garganta y ponerse el pasador de oro. Y cuando lo vio luego ir al espejo a contemplarse con ese amor propio y a peinar su pelo negro que de pronto dejó quieto para siempre en un mismo sitio, impregnándolo con el fijador. Y cuando finalmente lo vio calarse su sombrero, pensó que en realidad estaba viendo por fin la imagen de otro hombre, diferente del que había tenido en sus brazos. Y sintió miedo. La conejita ya no quería hojas de col ni puntas de zanahoria, sino más bien ir cuanto antes a comerse su chuleta y deshacerse del tipo en la primera esquina. Y por primera vez pensó que no sabía con quién había pasado la noche ni a quién había visto pensativo y desnudo junto a las hojas de la ventana, ni mucho menos con quién iba a bajar a la cafetería de enfrente a comerse su bandeja.

—¿Qué vas a hacer al fin con esos sostenes? —preguntó ella, señalando la prenda.

—Dejarlos aquí.

—¿Así nada más?

—Así nada más, qué más querés.

—Todavía no sé como te llamás —dijo ella, demasiado de frente.

—Estamos iguales.

—Soy Dulcinea.

—Dulcinea qué.

—Dulcinea González, pero me dicen la Gata.

—¡La Gata!

—¿Y, vos?

Arturo Rendón se quedó pensando en el nombre que acababa de escuchar, que le sonó familiar, tanto como en el sobrenombre, y concluyó que la vida lo estaba convirtiendo, sin siquiera habérselo propuesto, en un especialista en felinos. Y todo esto mientras terminaba de cerrar su maleta y se paraba con ella empuñada en el centro del aposento. La luz que entraba por la ventana lo bañaba de medio lado y viéndolo así casi nada le faltaba. Entonces preguntó:

—¿Y vos que sos para Pensilvania González?

—Hermana media —dijo ella.

—¿Hermana media?

—Somos hijas de la misma madre, ¿por qué?

—¿Pensilvania González, la cantante?

—La misma.

—¿La del "Bar Falleba"?

—Ésa.

—La última vez que la vi se había ido a vivir con Heriberto Franco.

—Ese malvado ya la dejó —dijo Dulcinea, mirando para otro lado, como ofendida.

Arturo Rendón quedó estupefacto por causa de lo que sin querer estaba descubriendo. Y se sintió instalado en medio de un gran viento que le silbaba. Había oído decir que el mundo era mucho menos grande de lo que uno imaginaba, pero ahora había llegado a la conclusión de que en realidad sólo tenía cuatro manzanas. Entonces empezó a mordisquearse los dedos.

—¿Sabés por dónde diablos anda ahora Heriberto Franco?

—Ni siquiera sé por dónde anda mi hermana Pensilvania, mucho menos ese tal Heriberto.

—Me dijeron que por Umbría.

—Pues así será, se lo merece.

153

Arturo Rendón comenzó a caminar hacia la puerta, empuñando su maleta. A su lado, Dulcinea no podía explicarse todavía por qué extraña razón ahora empezaba a sentirse triste por causa de aquella despedida, si a pesar de su corta edad ya estaba acostumbrada a deshacerse de los hombres, como gallina que picotea lombrices en el huerto y luego se las traga. Pero ella al parecer estaba descubriendo que este hombre no era para nada pegajoso. No había querido adherirse a ella al modo de una lapa, como todos los demás, ni le había prometido nada ni era dulce ni empalagoso. Parecía más bien una negra corriente de agua a la que había que dejar correr y donde las mujeres podían introducir sus pies por un rato y sin que él se diera apenas cuenta, para contagiarse de su frescor. Haber estado en su compañía en un aposento de hotel le había parecido fabuloso, además de suficiente, y sus amigas del prostíbulo deberían estarla esperando para escuchar su crónica. Entonces, ¿por qué se sentía así de descontrolada y triste? ¿Quién era ese hombre que la había apabullado de esa manera con la fuerza de su extraño mundo?

—Todavía no me has dicho cómo te llamás —dijo ella.

—Carlos —respondió él.

—Carlos qué.

—Carlos Gardel, ¿acaso no me estás viendo?

Dulcinea González soltó una poderosa carcajada, y mientras se reía ahogada no hacía sino doblarse encima de sí misma hasta tocar el piso y cuando no arañaba el polvo palmoteaba encima de sus muslos y todas sus carnes. Y se reía sin parar y lloraba a causa de la risa y aquellas carcajadas un poco locas resonaron como ecos en el aposento y agitaron la parte media de las cortinas. Mientras tanto, Arturo Rendón le hacía la segunda con sus propias carcajadas y había soltado la maleta y se doblaba también imitando a su Dulcinea, que ya tenía sus ojos encharcados. Con lo cual el aposento se llenó de ruidos y ambos lloraron nerviosos y debieron limpiarse los ojos con sus antebrazos.

—Tal vez lo decís por esa ropa tan rara que te has colgado encima —dijo ella apenas pudo.

Y se acercó a su hombre y le dio un poderoso beso, atornillado. Luego se quedó mirándolo y bajó hasta donde tenía la cortada y cerró sus ojos y la acarició suavemente con su lengua.

—¿Cuánto te debo? —preguntó él.

—Por la noche completa el café con leche vale el doble.

—¿Cuánto entonces?

—Tres pesos.

Arturo Rendón sacó su billetera y le extendió los tres pesos, que eran un escándalo. Ella bajó los ojos y metió el dinero en su regazo. Y se sintió feliz. Cada cosa tenía su valor, hombre, cada cosa debía ser puesta en su lugar.

Al rato estaban sentados en la cafetería y ella parecía ufana de poder ostentar ante los demás la compañía de aquel hombre tan bien puesto y trajeado. Entre ambas piernas, bajo la mesa, Arturo Rendón sentía el bulto de su maleta.

—¿Para dónde vas ahora? —dijo ella.

—Ya te dije que para Umbría.

—No me lo habías dicho.

—Bueno, pues ya te lo dije.

—¿A buscar una mujer?

—A buscar unas reliquias.

Ella se quedó pensativa:

—¿Eso qué es?

—Pedazos de la vida de un hombre, que valen una fortuna.

—¿Serás millonario?

—Podría ser.

Ella le tomó la mano:

—Si acaso me llevaras, me iría con vos. Aquí el negocio se está poniendo muy malo. Están matando a todos los hombres.

—Entonces veníte conmigo, a ver hasta dónde llegamos.

—Dejáme pensarlo.

Y cuando llegaron las chuletas y fueron puestas sobre la mesa, ellos se doblaron encima de su brillo y empezaron a devorarlas en silencio.

20

Devoraron las chuletas y fueron juntos a la plaza, de donde partían las berlinas. Ella anhelaba exhibirse por las calles de Riosucio, ante la certidumbre de su actual esplendor, tanto más si lo hacía bajo las poderosas alas de aquel hombre. Desembocaron luego en la calle principal y al pasar por donde Palomino ella insistió en hacerse tomar una fotografía de estudio de las más costosas, de aquellas que entregaban iluminadas con acuarelas y debidamente enmarcadas, todo lo cual Arturo Rendón debió cancelar por anticipado. Y después caminaron con desparpajo bajo el aura de la mutua alegría, siguiendo el curso de la calle de bajada, y vieron brillar el sol encima de las piedras y escucharon cantar a los cucaracheros no sólo bajo las tejas sino en la cumbrera de los aleros, y observaron a los gorriones saltar nerviosos entre las ramas de algunos árboles. Pasaron cabalgaduras y ambos sintieron que desde lo alto de aquellas monturas eran observados por sus jinetes. También venían de prisa en sentido contrario hombres y mujeres y ellos alcanzaron a sentir detrás de sus hombros el murmullo de sus comentarios. Arturo Rendón traía puesto su sombrero, ya seco, y caminaba tan recto como erguido con su chaleco cruzado en el pecho y su saco oscuro a rayas y su corbata de pepitas moradas y su barrita de oro bajo el nudo. Y junto a él avanzaba su chica, taconeando y batiendo el brillo de su falda de flores. La Gata era tan joven y altiva que Arturo Rendón no se sentía del

todo mal mostrándose a su lado. Ella venía de Angelópolis, la tierra de los más duros. Pero no era sino ver el
flamear de su vestido y la naturaleza de sus carcajadas para darse cuenta de la clase de joya que era. Una
culebra. Sin embargo, eso a él lo tenía sin cuidado y
más bien lo llenaba de un cierto orgullo. Había cruzado en la vida por la borrasca de muchos ríos y la piel la
tenía que era una coraza de cocodrilo.

Llegaron a la plaza central y vieron a lo lejos un
gran remolino de gente junto a la iglesia. Arturo Rendón
quiso ir a ver lo que pasaba pero ella prefirió que él apro-
vechara la oportunidad para comprarle unas medias y
fue así como de paso entraron a una cacharrería, pero
en vez de un par se enamoró de dos y en el acto ella se
abrazó a su cuello y lo cubrió de besos al ver cómo sus
deseos se cumplían. Y salieron a la calle y observaron de
nuevo el remolino de gente en la distancia. Camino del
atrio pasaron por una heladería y ella se antojó de un
cucurucho de helado de leche con ron y pasas. Y como
un buen caballero él metió de nuevo su mano en el bolsillo y le compró uno de doble bola, ante lo cual ella se
plantó en la puerta de la heladería a mostrarse ante el
espejo ciudadano y a revolotear con su lengua encima
del helado, y no quería moverse de ese sitio pues estando allí veía pasar mucha gente y por estar soñando en
tantas cosas casi no veía lo que en realidad estaba sucediendo. Desviaron la ruta y por fin fueron a parar al
atrio de la iglesia, y fue así como al fin pudieron ver,
amontonados, cerca de veinte cadáveres que acababan
de descargar ahí, de una volqueta, como bultos. Y al mirar aquello, sus rostros se llenaron de sombra y ella se
puso a gemir y con su temblor parecía una hoja y hasta quería orinarse de chorrito en chorrito. A causa de
lo cual el cucurucho con su helado cayó al suelo y en el
acto sintió que además estaba a punto de vomitar. Casi
todos los cadáveres permanecían sin cabeza, la que les
había sido cercenada a la altura del cuello, o sea por el
borde de la franela, pero por fortuna las cabezas venían

aparte empacadas en costales medio abiertos, a pesar de lo cual no se habían extraviado de sus antiguos cuerpos. Y los troncos se veían cortados por el vientre, y muy pálidos, como si hubieran sido lavados durante horas por la corriente de un poderoso río. Algunos cadáveres dejaban ver su lengua amarilla a través de una abertura en la garganta, a modo de corbata; otros tenían su miembro colgando como un tabaco en su boca, cosido con cáñamos, y a no pocos de ellos se les había introducido su mano derecha por el corte del vientre, como Napoleón cuando posaba para sus grabados de época. La presencia simultánea de estos diferentes tipos de ingeniosos cortes en una misma masacre era capaz de indicar no tanto la fecundidad del talento nacional como la "alianza para la acción concreta" en que habían caído los cuatreros, capaces de intervenir a cuatro manos y con el concurso de cuatro imaginarios, a fin de no ser olvidados por la historia y para que todo el mundo tuviera conocimiento de lo bravío de su talante.

—No me irás a dejar aquí abandonada —murmuró la Gata.

Arturo Rendón la tomó por el brazo y se la fue llevando hasta el centro del parque, donde los árboles formaban un gran hongo de sombra y el hedor se disipaba hasta casi desaparecer:

—Vámonos ya mismo de aquí —dijo.

Y comenzaron a caminar más de prisa y apenas en ese momento empezaron a ver lo que hasta ahora no habían visto y estaba expuesto a la mirada de todos.

Recostados sobre las cenefas de los muros, sentados en el suelo y con sus cabezas aprisionadas entre sus rodillas, hombres y mujeres del campo esperaban ahí, en fila, a que cuanto antes terminaran de pasar los días. No sabían muy bien para qué, ni hacia dónde ni en qué sentido ni por qué. Venían huyendo durante semanas, durante meses desde las regiones de Génova y Palestina y no tenían dónde más ir. Había niños dormidos en esteras zapotes y encima de oscuros bultos, al tiempo que otros jugaban sentados en el borde de los andenes y veredas juntando palitos y haciendo rodar tapas de cerveza por encima de las piedras brillantes. Junto a ellos pasaban cabalgaduras indiferentes y sus jinetes iban y venían como si nada estuviera sucediendo. Y al pie de aquellos hombres y mujeres había esqueletos de camas y bultos de colchones, armarios, mesas con las patas hacia arriba y dentro de ellas montones de ollas y ajuares de cazuelas, pailas y cubiertos. Había perros y jaulas donde se veían patos azules y gallinas de todos los colores, y algunos de aquellos muchachos que permanecían tan pensativos como despiertos hacían dormir gatos y ardillas en sus regazos. Había también jaulas con palomas y tórtolas y encima de ellas otras jaulas más pequeñas hechas de hilos de caña donde revoloteaban azulejos, alondras y sinsontes que se balanceaban en columpios de alambre y que de vez en cuando se desgranaban en cantos.

—Lleváme a Umbría, hombre, no me dejés aquí tirada, mirá lo que está pasando —insistió la Gata.

—Caminá pues conmigo, que te lo estoy diciendo.

—En Umbría tengo una tía, no te preocupés.

—Con tía o sin tía, eso es lo de menos.

—¿Viste lo del atrio?

—Caminá.

—Voy por mi ropa.

—Andá rápido, que yo te espero en la esquina del otro lado.

Mientras ella corría al prostíbulo en procura de su ajuar, Arturo Rendón caminó hasta la esquina contraria. Encendió su chicote y preguntó a un transeúnte por el lugar de donde partía la berlina de Anserma.

—Pregunte allá —respondió el hombre, sin mirar.

Dulcinea estuvo de regreso mucho más rápido de lo imaginado y traía consigo una bolsa de papel amarrada con una cabuya.

—¿Esto es todo? —preguntó Arturo Rendón.

—¡Para qué más! ¿Acaso me voy a casar con vos?

—¿Trajiste siquiera calzones?

—Con vos para qué calzones.

—Vamos.

—Vos mandás.

Una hora más tarde la berlina de Anserma empezaba a trepar por la primera cuesta del carreteable. A ratos tomados de la mano, a ratos como un par de incógnitos. Ella en la ventanilla, él en el centro, en ocasiones mirándose a los ojos, en ocasiones ni siquiera dándose por enterados el uno del otro. De vez en cuando se precipitaba de bajada un vehículo envuelto en una colada de polvo amarillo, y en medio de las dos nubes que se juntaban y del escándalo de las carrocerías se oían gritos y saludos, aunque en realidad nadie podía ver a nadie ni darse por enterado de su semblante. A estas alturas, la Gata había olvidado ya los cadáveres del atrio. Y lo único que hacía era intentar poner en claro sus ideales y darle por primera vez utilización a su dispositivo femenino de cálculo, que dada su juventud aún era apenas embrionario. Si su hombre estaba dispuesto a ir hasta tan lejos detrás de unas reliquias, tal como él las había denominado, era porque se pensaba volver millonario. Y eso no le sonaba a ella nada mal, gata al acecho. La pobre sentía que se estaba enamorando sin querer de aquella estampa de hombre que huía por los caminos, pero aun así no podía entregarse al amor como una mujer del montón y cerrar sus ojos antes de tiempo sin pedir nada a cambio. Ese hombre misterioso que viajaba ahora a su derecha era de aquellos que se sentían capaces de arrebatarle los sostenes a sus mujeres para enseguida dejarlos tirados en los cuartos de los hospedajes, sin la menor consideración ni señal de piedad, tal como ella misma acababa de comprobarlo. Y eso que faltaba todavía meterle la mano a su maleta, para ver qué otra clase de trofeo traía el muy desvergonzado.

Sin embargo, no se trataba ahora de reñirle por eso, ante las perspectivas que el viaje ofrecía. Al fin y al cabo él había aceptado venirse hasta Umbría con ella y le había ofrecido chuleta y además le había comprado dos pares de medias de seda y un helado de doble bola. Pero aun así no podía abandonarse a sus encantos y entregarse sin condiciones. Sus amigas del prostíbulo no tenían entrañas y en materia de hombres sacaban a relucir todo el esplendor de sus uñas, motivo por el cual su método consistía en abrir muy bien la carne de sus contrincantes para introducirse a través de la herida hasta encontrar lo concreto del hueso, lugar donde empezaba a brillar por fin la billetera. Ésa era no sólo la ley de oro del oficio sino una enseñanza a la que todas llegaban después de una importante cadena de decepciones, experiencia que ella en realidad aún no había vivido pero de la que tenía ya un serio presentimiento, por todo cuanto observaba a su alrededor. Tarde o temprano, los hombres que más prometían quedaban al descubierto, en pelotas y sin medias, y cada vez era necesario llenarse otra vez de nuevas ilusiones y empezar desde el principio como si nada hubiera sucedido. Y eso no era con ella. Su propia hermana Pensilvania había vivido una cruel experiencia con ese tal Heriberto Franco, de la que casi no pudo reponerse. La había abandonado en medio de un mar de mentiras y ella se había quedado de repente entre un bosque de sombras. Lugar de donde sólo logró salir cuando descubrió que cantaba y que su voz era capaz de hacer retorcer a los hombres y de ponerlos a gimotear encima de las mesas, peor que gallinas. Fue entonces cuando hizo del canto una especie de venganza de género y su arte alcanzó un refinamiento tan elevado que su fama recorrió las regiones y las épocas, hasta llegar a Medellín, donde su foto aparecía con frecuencia al lado de las mejores gargantas canoras de México y del Río de la Plata.

Heredera de la experiencia de su hermana Pensilvania, Dulcinea González imaginaba tener ya a su disposición una espuela de veterana. Y miraba por la ventanilla pero no conseguía ver nada de cuanto fluía a través de la luz, ora bajo la forma de bancos de niebla en los azules abismos, ora bajo la forma de puntudas rocas que parecían meteoritos clavados en las faldas de la cordillera. Distraída en el hervor de sus cálculos, mucho menos conseguía detallar los árboles y los helechos que se doblaban sobre la banca del carreteable, a veces incluso sauces, a veces platanales, ni oía los manantiales precipitándose desde las alturas rocosas, ni ponía atención a los senderos que descendían de las montañas y a lo largo de los cuales caminaban niños llevando cantinas y soplando pequeñas flautas hechas de cañas de carrizo. Pues en lugar de aquello lo que ella veía por la ventanilla era sólo el negociazo en que al parecer se estaba montando. Ese hombre que iba a su lado debía ser una especie de magnate, pues su estampa lo decía todo. Así que la consigna consistía en calcular muy bien sus pasos y alistar el dedal para no dar una sola puntada por fuera de la delicada trama.

Pero el asunto no parecía del todo fácil, pues los modales de su hombre eran tan avasallantes que cualquier intento de cálculo de su parte terminaba en un general aflojamiento de su esqueleto, y lo más grave era que dicho reblandecimiento le empezaba en las piernas y le subía por el vientre hasta terminar en el pajar de su corazón, pasando por el coño, cómo impedirlo, que de vez en cuando daba extraños botes y entraba en convulsiones. Precisamente por esto, el ejemplo de su hermana Pensilvania era digno de imitar. Ella tenía fama de tratar a los hombres como si fueran jabones que se daba el lujo de dejar tirados en el sifón de la bañera una vez que hubiera conseguido apoderarse de lo mejor de su perfume. Momento en el cual su instinto de mujer le susurraba que había llegado ya el instante de cambiar no tanto de jabón como de bañera. Y entonces se volvía humo, llevándose consigo mucho menos el perfume que el dinero, y a continuación se complacía al verlos doblados sobre las mesas, lloriqueando como niños, cagados de arriba a abajo y oliendo a excremento abandonado. Y, no contenta con todo esto, terminaba enloqueciéndolos con su canto, como quien aplica sobre un cuello un torniquete, y se sentía feliz al contemplarlos hundidos en la desesperanza que ellos mismos habían buscado con tanto ahínco y conseguido con tanta perfección.

Absorta en sus meditaciones, de vez en cuando la Gata quinceañera miraba por el reojo la ropa que traía en la bolsa de papel que descansaba en su regazo, y pensaba en la aventura que acababa de emprender y en la cuota que habría de cobrar a cambio de aquella compañía. Pero también pensaba en el momento en que su ropa terminara por confundirse con la de su hombre en los fuelles de su maleta, convertida en una misma masa de colores y de olores, y de repente sintió que su cabeza no andaba del todo bien y que el control que sus amigas del prostíbulo le habían recomendado como la misma luz de sus ojos estaba a punto de naufragar. Pero aun así tuvo fuerzas para abrir sus párpados hasta donde más pudo para mirarlo a él a su lado, también de reojo, a fin de calcularle no sólo sus posibilidades sino sus desventajas. Y concluyó, después de evaluar las unas y las otras, que acababa de ganarse una auténtica lotería. Miraba insistente hacia el paisaje, pero en el verdor de la naturaleza no se veía sino a ella misma instalada en una especie de castillo, llena de perros, de loras y de gatos de angora, y no podía en su delirio ver a su hombre por parte alguna, aunque estuviera segura de haber quedado bastante impregnada de su perfume. Y así se le fueron pasando las horas, ensimismada, hasta que terminó inclinando su cabeza sobre el hombro de su estampa, de modo que muy rápidamente quedó ubicada en esa realidad donde sonaba un radio escandaloso y con frecuencia se formaban nubes de tierra en los recodos, al tiempo que caían piedras envueltas en manojos de rastrojos y helechos.

En pocos minutos ya habían llegado a su destino y se estaban apeando de la berlina. Y pudieron estirar sus piernas y descansar sus pies en uno de los escaños de la plaza de Anserma. Pero bajo los árboles frondosos de aquel poblado ella sintió que, sin habérselo propuesto ni calculado, empezaba ya mismo a ser otra.

21

Eran las ocho y cuarenta minutos de la noche cuando el camión con el féretro y los veinte baúles enfrentó las últimas curvas del carreteable y todos vieron aparecer a lo lejos las primeras casas de Anserma. Arturo Rendón y Heriberto Franco habían hecho el trayecto trepados en el furgón, y se la habían pasado cabeceando de sueño sentados encima de sus capotes de monte. Y cuando anocheció se aproximaron hasta la barandilla trasera y se pusieron a observar en silencio la inmensidad. Y vieron las estrellas a través del follaje de los sietecueros y pudieron escuchar a lo lejos el canto de las lechuzas. Durante el día, a la vera de las casas del camino, salieron a saludarlos algunos perros que ladraron al galope sobre la huella de las llantas, hasta que poco a poco se fueron rezagando para desaparecer en las curvas. Gómez Tirado decidió ocupar el otro asiento de la cabina, y se había dormido con la cabeza doblada encima de su pecho. Pero al caer la tarde despertó, bebió aguardiente de su cantimplora y al rato los arrieros lo escucharon cantar a los gritos desde un lugar que parecía ése y muchos otros.

Las calles de Anserma estaban en tinieblas, pues la planta que proporcionaba el fluido eléctrico al poblado salía de servicio a las ocho. El camión pasó por el frente de las primeras casas iluminando la vereda, y los expedicionarios vislumbraron figuras humanas recostadas contra el fondo del brillante reflejo. Así recibían la frescura de la noche, envueltos en sus capotes de monte, y desde allí imaginaban el descenso de la niebla nocturna, que se precipitaba desde los farallones y se volvía del color de la ceniza cuando empezaba a morder el seco empedrado de las calles.

Y aquellas gentes desprevenidas vieron pasar como si nada aquel camión funerario por el frente de sus casas, acompañado por el ladrido de algunos perros y arropado con una poderosa lona negra. Y quienes todavía estaban fumando sus cigarros en los escaños del parque, iluminados sólo por el resplandor de sus rescoldos, lo vieron aparecer por la esquina con sus farolas encendidas y estacionarse a menos de doce metros de donde se encontraban. Y vieron saltar la tripulación delantera, a la que se sumaron los dos hombres que venían en el furgón, y observaron cuando los cuatro se sacudían el polvo de sus ropas y al unísono se frotaban los ojos. Caminaron como jinetes que acaban de apearse de sus cabalgaduras, y los observaron entrar balanceándose cual marineros en un restaurante que despachaba en la esquina y también los vieron sentarse en redondo a una mesa y estirar sus piernas y despojarse de las prendas que cubrían sus cabezas, como si fueran prolongaciones suyas. Pero nadie sospechó nada de nada. "Los ha cogido la noche", fue lo único que pensaron. Y enseguida vieron a tres de ellos entrar en confianza, sacarse a palmotazos el polvo de encima de sus hombros y disfrutar con cuanto hacían y decían, pero había uno que parecía retraído y que permanecía ausente, recostado en su asiento y fumando de su chicote con la mirada por completo clavada en el infinito.

Al terminar de comer, todos en el parque vieron cuando el cuarto hombre caminó solitario hasta el vehículo y de un brinco trepó al furgón y se puso a contemplar la carga y a limpiarse los dientes con una astilla que había sacado del bolsillo de su camisa. Estaba medio envuelto en su capote y se recostó al enrejado de madera de la carrocería, donde permaneció pensativo con su mano colocada encima de una caja que venía envuelta en una especie de lona. En la profundidad del furgón se veían otras cajas hechas de pellejos de vaca y bastidores de madera, pero más hacia el fondo la visibilidad era ninguna. No obstante, todos vieron cuando el hombre se inclinó sobre la caja hasta quedar doblado encima de su tapa, con la cabeza de medio lado. Al punto de que al día siguiente, una vez que se produjo el alboroto por causa de la noticia, hubo quienes aseguraron haberlo visto hablar en solitario y gesticular amablemente ante lo que parecía una extraña forma de la presencia ausente. Pero para entonces ya era demasiado tarde.

La niebla espesa ha cubierto por completo la carpa, ha mordido la lámina y ha hecho desaparecer hasta las llantas. En la plaza de Anserma, Gardel duerme su silencio anónimo al lado de Arturo Rendón, quien cabecea vigilante. A veces dormido, a veces con los ojos enmalezados por causa de la agonía de lo poco que consigue comprender acerca de la muerte. Esa sombra sin fondo donde el cuerpo al final se desvanece para dar paso al comienzo del olvido. El Morocho del Abasto, o lo poco que queda de él, duerme tendido en su nido. Encenizado de sí mismo gracias al fuego purificador y disfrazado de imagen de Cristo Redentor para los fines de su travesía. Sin que nadie sepa de su presencia bajo los árboles del pequeño parque, cubierto por el polvo de todos los caminos. Trae todavía en su cuerpo el plomo del disparo que recibió de Roberto Guevara el 11 de diciembre de 1915, en Buenos Aires, aquel pariente del Che Guevara que casi se lo lleva cuando Gardel aún no era el que después fue. Armando Defino aguarda ahora por él en Buenaventura, sin imaginar siquiera que ha debido remontar la cordillera trepado en una barbacoa, sobre los lomos de Bolívar y Alondra Manuela, atravesando bosques negros que durante el día dan origen a dos noches y pasando por el borde de abismos cuyo fondo siempre estuvo por fuera de cualquier cálculo humano.

Y amaneció.

Era el lunes 23 de diciembre de 1935 y los cuatro hombres de la caravana se desperezaban al pie del camión. El parque apenas nacía pero las hojas de las puertas y de las ventanas de las casas y de los establecimientos se veían entreabiertas. Caminaron hasta la cafetería, la misma donde habían cenado la noche anterior, y pidieron tazones de caldo y bandejas con carne molida, chorizo, arroz, carne frita, tajadas de plátano maduro con queso y café. Y una abundante guarnición de panes de maíz salcochado y frijoles amanecidos. Devoraron sus raciones y esperaron un rato hasta que fueran las ocho. Salieron a la vereda y el hombre de la chamarra caminó solitario hasta la oficina de telégrafos y teléfonos, mientras los arrieros y el conductor regresaban al camión para disponer lo de la partida. Gómez Tirado pidió a la operadora que lo comunicara con Medellín. Veinte minutos después entró la llamada y ocurrió la conversación que hoy todo el mundo recuerda en Anserma:

—¿Hola?

—¿Sí?

—Habla Gómez Tirado, ¿me oye?

—Sí, sí, siga ¿cómo van las cosas?

—Estamos en Anserma, vamos viento en popa y sin novedades, todo bien, todo bien.

—¿Apenas por Anserma?

—Sí, pero ahora mismo estamos saliendo para Armenia.

—Ayer recibimos la noticia de la noche en Supía, hay alarma por lo que pasó.

—¿Lo de cuál tía?

—¡Lo de Supía, hombre, lo de Supía!

—No se preocupen, que al fin no pasó nada. Fue difícil controlar a la multitud, pero al final todo salió bien.

En este momento la operadora empezó a parar la oreja:

—¿Es verdad que saquearon el féretro?

—No, no fue tanto, la gente siempre habla más de la cuenta.

—¿Y en Riosucio?

La operadora tragaba grueso:

—Dijimos que Gardel era Cristo Redentor, que en la caja traíamos una imagen.

—¡Buena ésa!

—Pero las putas no se creyeron la historia.

—¿Las quéééé? ¿Cuáles frutas?

—Las putas, hombre, las-pu-tas.

—Te juro que casi no entiendo nada. ¿Pero, pasó algo?

—No, nada especial, aunque se amanecieron junto al cadáver y lo estuvieron llorando toda la noche, parecían viudas.

—Defino no ha hecho sino llamar enloquecido, está que se orina en los calzones.

—Díganle a ese Defino que se calme, que ya pronto tendrá el cadáver con él.

—El barco no espera, hombre, eso es lo que pasa, y en Buenos Aires hay alarma.

—Pero no hemos podido hacer más, hombre. Ahora vamos sobre ruedas y mañana lo pondremos todo en el tren, tengan calma.

—¿Algo más?

—Nada más, hasta mañana.

—Hasta mañana, sin falta. Defino está como loco, usted ya sabe cuál es el tamaño de su responsabilidad.

—Lo sé, lo sé, hasta mañana. Ah, y emborrachen a Defino, eso es lo que deben hacer. Díganle a ese pelotudo que no joda tanto, que venga por estos caminos a ver si puede hacer algo más.

—Hasta mañana.

—Hasta mañana.

Gómez Tirado salió de la cabina, pagó el importe de la llamada y vio que la operadora estaba totalmente congestionada con lo que acababa de escuchar. Y observó cuando ella casi se desvanecía tras la vidriera y entonces decidió que era mejor empezar a galopar hacia el camión. Trepó al lado derecho de la cabina y dio la orden de partir en el acto. En la puerta de la oficina de telégrafos y teléfonos la operadora agitaba sus brazos y no conseguía ni hablar. El camión pasó por sus narices y ella cayó de rodillas. Algunas personas la auxiliaron y apenas en ese momento la mujer empezó a gritar:

—¡El cadáver de Gardel, el cadáver de Gardel!

Y todos vieron el camión desaparecer en la distancia de aquella mañana brillante, en medio de una gran nube de polvo color azafrán. Pero para entonces ya era demasiado tarde, a pesar del esfuerzo de algunos caballos que salieron al galope y cuyos jinetes volvieron al rato, desinflados y sin poder dar cuenta de nada concreto. Esa noche de lunes nadie durmió, y los bares y cafés pusieron a sonar su música y elevaron altares en homenaje a una visión fugaz que todos habían tenido, y en los lugares más insospechados colocaron macetas de begonias traídas de regiones frescas. Y sentaron a la operadora de teléfonos en una silla en la mitad del parque y la estuvieron alumbrando hasta el amanecer.

22

Arturo y Dulcinea sólo permanecieron en Anserma apenas lo necesario para poder tomar rumbo definitivo hacia la región Umbría, donde la tierra a toda hora atardecía. Antes de partir recorrieron el parque donde él aseguraba haber dormido quince años atrás, a veces tomados de la mano, a veces ni siquiera mirándose. Y durante ese tiempo él no se cansó de recurrir a sus recuerdos y de explicarle a ella el significado de las reliquias origen de semejante peregrinación, que ya no parecía tan descabellada. Ante lo cual la segunda felina de su viaje no dejaba de opinar, subiendo y bajando su cabeza en términos tan afirmativos como aprobatorios, mientras su pensamiento se empeñaba en rectificar las cuentas y en llevar a cabo nuevos cálculos, de conformidad con el renovado optimismo que a ella le causaban las últimas informaciones y el tono casi secreto de las palabras de su hombre. Fueron a cenar a la misma cafetería del otro día y pasaron luego a tomarse unas copas y a escuchar valses, boleros, tangos y milongas en "La Milonguita", que se conservaba igual a como él la había conocido quince años atrás. Entrada la media noche regresaron al cuarto del hotel, y se despojaron de sus zapatos mutuamente y se tendieron a descansar como dos buenos amigos, y desde la cabecera se embelesaron observando sus propios pies desnudos, que así como habían sido capaces de traerlos hasta Anserma no iban a ser menos competentes de situarlos en las fronteras de Umbrí..

Refugiado en su cuarto, Arturo Rendón tuvo la impresión de haber sido la semilla que había permanecido oculta durante años dentro de su propio hueso, antes de germinar y salir definitivamente a la luz. Y se durmió al arrullo de semejante pensamiento, sin quitarse la ropa. Ella lo miró largamente, de pies a cabeza, y al llegar a su mejilla se preguntó por la verdad de la historia urdida alrededor de aquella cortada. Se trataba de una cicatriz tan extraña, puesto que durante el día casi desaparecía pero hacia la media noche se congestionaba de tal modo que llegaba casi a supurar. Que era como ella la estaba viendo ahora, con los bordes enrojecidos y recubierta de una secreción cuya espuma burbujeante hacía presumir la presencia de larvas en incubación.

—Mañana sin falta iremos a la farmacia, pues así como van las cosas esta cicatriz te va a matar —dijo ella a su hombre dormido.

Y empezó a desvestirse y con las prendas en la mano fue hasta la maleta y se quedó mirando lo que hasta entonces ya había sucedido. No podía creer que su ropa se estuviera confundiendo con la de su hombre entre los fuelles. "Cuando la ropa se mezcla de este modo es porque algo demasiado profundo está pasando", pensó, mientras sentía ganas de ir a observar el paso del mundo en la ventana. Era la primera vez que esto le sucedía. La bolsa de papel donde ella había empacado lo suyo y que trajo de Riosucio encima de sus rodillas había ya desaparecido sin nadie darse cuenta, y sus prendas principales ocupaban ahora un lugar preferencial en la nueva comunidad que se había formado en la valija, aunque el resto debiera vagar todavía un poco a la deriva, confundido con la ropa menor de su contrincante, tal y como si hubiera empezado a formar parte de su misma sustancia. Abrazada a sí misma volvió al lecho y se introdujo debajo de las cobijas, aturdida. Y lo observó dormir en solitario casi hasta el amanecer, tiempo durante el cual pudo memorizar para siempre sus ojos, su nariz y sus dientes perfectos, cuyo borde adivinó a través de la ranura que dejaban sus labios carnosos y entreabiertos. Pero, sobre todo, su pelo negro y liso, y su corbata bajo su chaleco cruzado. Y, una vez asegurada de haber memorizado aquel rostro que parecía eterno, se dejó hundir en una especie de musgo transparente hasta que el sol se dio a la tarea de iluminar la primera porción de la cortina.

Se bañaron juntos. Al terminar, ella se dedicó a frotarlo con la toalla, y cuando estuvieron en el cuarto se peleó por vestirlo y por ponerle el fijador en su pelo, cosa que jamás había hecho. Luego le calzó el sombrero, le ajustó el nudo de la corbata y asombrada vio cómo la cicatriz había casi desaparecido de nuevo. Ella todavía estaba desnuda y se vistió a la carrera, mientras lo veía perfecto en el asiento junto a la ventana, observando absorto hacia la calle. Bajaron a desayunar, y mientras devoraban los huevos rancheros y la carne y tomaban el tazón de chocolate ella empezó a sentir que estaba perdiendo todo el control. "Qué hijueputa, que sea lo que sea", pensó. "La vida hay que dejarla correr, pues si uno se atraviesa lo tumba y se lo lleva." Y lo miró masticar. "¡Ay, qué hombre!", gimió y en el acto giró la cabeza para tratar de ver hacia los lados, momento en el cual constató que ella y él estaban siendo observados desde todas las otras mesas, como si fueran personajes sospechosos y venidos desde tierras extrañas. La maleta la tenían bajo la mesa y él masticaba su desayuno como si su pensamiento anduviera por otra parte y su cuerpo ya hubiera partido para dejar atrás sólo el peso de su sombra.

Una hora más tarde estaban trepando en la única berlina que iba para Umbría. Faltaba sólo la última parte del camino, y mientras él soñaba con la recuperación de sus reliquias ella no hacía sino recordarlo tal y como lo acababa de ver sentado ante la luz de la ventana. No podía ni creer que hubiera podido gozar del privilegio de haberlo bañado como a un niño y enseguida haberlo peinado de un modo que le pareció tan sencillo y natural, al tiempo que él se abandonaba con aquella ejemplar mansedumbre de macho a sus caprichos. Y observaron pasar otros bosques, algunos de ellos tan espesos que se veían negros, y entraron en prolongadas oscuridades en medio de tupidos madroñales, y vieron anochecer antes del mediodía y volver a amanecer precisamente cuando ya estaba atardeciendo. Siempre metidos en la mitad de una espesa bola de polvo color azafrán, que sólo desaparecía cuando el vehículo entraba en terrenos enfangados por causa del espeso vapor de las cascadas. Al llegar a cierta altiplanicie observaron a lo lejos una prolongada tormenta de relámpagos, hasta que de repente la berlina dio un giro, pasó entre dos peñascos y se precipitó por una garganta en cuyo fondo se adivinaba el lecho de un río azul.

Pasaron por un rancherío y vieron niños que tenían ojos que parecían trazados con rayas de cristal, absortos junto a unos postes negros y oscuros, y observaron espesas barras de mocos que descendían de sus narices y en sus miradas viajeras quedó para siempre la constancia de sus ombligos brotados. Y presintieron que los adultos del lugar miraban a escondidas a través de paredes hechas de palos entretejidos con cañas y embutidos de barro. Muy pronto dejaron atrás aquel rancherío y continuaron descendiendo hasta tocar las aguas del río azul, que ahora era verde esmeralda y se deslizaba sobre piedras negras. Estando ya del otro lado del río, los hombres aprovecharon para ir a orinar contra las piedras y los zarzales, mientras el motorista ponía agua helada en el radiador. Varios de entre todos encendieron cigarros. Y en instantes ya estaban empezando a trepar de nuevo por el costado contrario de la garganta, y cuando estuvieron muy altos miraron hacia el abismo y vieron a su izquierda el lecho del río por donde habían pasado, y ante la tranquilidad de este anuncio varios de los pasajeros se abandonaron a sí mismos y se fueron quedando dormidos, como niños.

La Gata iba sintiendo que a medida que avanzaban rumbo a Umbría la tierra en realidad atardecía y ella sin cesar continuaba transformándose en lo que parecía otra cosa. Y volvieron a pasar por otro rancherío de techos de lata, donde la carrocería se detuvo hasta ponerse a la par con otra berlina que traía su trompa en sentido contrario, y el motorista saltó de su asiento y les indicó a todos que allí podían dar satisfacción a la úlcera, pues más adelante no había dónde y allí acostumbraban poner pescado fresco y los precios no estaban del todo mal. Fueron y se sentaron y bebieron caldo de bagre y comieron sudado de postas de pescado, y mientras devoraban por un colmillo y botaban nudos de espinas por el otro, notaron que el preparado tenía demasiada sal aunque se podía componer echándole ají. Una hora más tarde abandonaban el rancherío, sudando y con los ojos congestionados, y vieron junto a las barrancas los esqueletos forrados de perros que antes no habían visto, dedicados a mordisquear viejos espinazos de pescado, y junto a ellos observaron enjambres de niños desnudos que tenían sus barrigas inflamadas y que se movían por ahí a la deriva para ver qué encontraban y hacer el modo de tirarle aunque fueran piedras a lo que pasara.

—¡Estamos entrando a la región Umbría! —gritó el motorista.

Con lo cual la berlina dio una última vuelta en redondo, pasó junto a un peñasco cubierto de helechos y se enrumbó por fin a lo largo de un valle que a la vista se presentaba cada vez más negro y siniestro.

—Por aquí la tierra ya atardeció, observen ustedes —gritó de nuevo el motorista, señalando con su dedo una gran franja oscura que cubría la tierra a su derecha, como con los dedos de un arado.

Pero el motorista señaló también a su izquierda varias colinas bañadas de sombra, y en la distancia un poblado de techos grises y pajizos cubiertos de musgo seco. La hierba que bordeaba el carreteable se veía tostada y durante todo el año solía tener la apariencia de la paja. En las dehesas que se extendían más allá de las alambradas había vacas que aunque jóvenes ya estaban viejas. El piso era de tierra polvorosa pero encima de él flotaba siempre una cubierta opaca y pegajosa que parecía fango, de modo que sobre ese mismo piso era que la berlina hacía esfuerzos para avanzar hasta morder las piedras que había donde se observaba la señal de la primera calle. En los postes en que se sostenía la alambrada vieron aves de rapiña con sus alas abiertas contra el horizonte. Y observaron hiladas de búhos encandilados por causa del crepúsculo, que aguardaban la noche para empezar a revolotear y ocupar con sus miradas las copas de los cedros. Y entraron por la primera calle y vieron que las paredes estaban salpicadas de barro negro y que de los techos colgaban racimos de pájaros secos.

—Ya estamos llegando —dijo la Gata en el oído de su hombre.

—¡Por fin!

—Este lugar me asusta, mirá cómo ha quedado todo.

—Es el paraje más triste y cruel que hay en el mundo.

—¿Vos sentís el mismo escalofrío que yo?

—Podría ser, pero aun así siento que el clima me favorece.

—Hasta mi tía habrá muerto ya —dijo la Gata.

—Ésa es cosa que ya veremos.

Dichas estas elementales cosas se apearon y empezaron a caminar sobre la polvareda. El pensamiento de Arturo Rendón estaba colonizado ahora por otro frenesí mucho más complejo que el del amor, del que ya casi nada quería saber. Y del mismo modo como los muertos suelen volver sobre sus pasos, para tocar de nuevo con su resplandor lo que un día dejaron atrás, Arturo Rendón peregrinaba en procura de unas reliquias que a cada instante que pasaba sentía más suyas.

Al rato ya estaban trepando por las escaleras, rumbo al aposento. La Gata siempre adelante, dando saltos y haciendo cabriolas, él un tanto atrás ensimismado en sus pensamientos. Y fue apenas entonces cuando Arturo Rendón escuchó la música que venía del café, allá en los bajos, y comprendió que aquellos poblados eran idénticos entre sí y que obedecían al mismo trazo de la mano que un día los dibujó para llenarlos de amargura. Pues los inquilinatos y pensiones quedaban siempre encima de los bares y los clientes debían dormir a toda hora arrullados por el mismo ruido, hecho de aquella inexplicable sustancia espesa y triste que se había apoderado de todo.

Dejaron la maleta sobre la mesa y vieron de nuevo el asiento de siempre y la jofaina y la toalla para las manos y la misma pasta de jabón donde hacía espuma el mismo perfume. Motivo por el cual Arturo Rendón llegó incluso a pensar que todavía no había empezado nada y que se encontraba aún muy cerca de su punto de partida. Y miró a su Gata, de reojo, y ella comprendió de lejos todo lo que significaba esta modalidad del presentimiento. Salieron corriendo escaleras abajo sin darse otras explicaciones, y al llegar a la calle sintieron que el corazón era ya un bocado atrancado en la boca. Y entraron al café y pasaron por el medio de la gente y se sentaron y pidieron media botella de aguardiente, como si fueran los oficiantes de un viejo y repetido rito. Y cuando vino hasta ellos el servicio, Arturo Rendón se armó de valor y le preguntó a la copera:

—Decíme una cosa, querida, ¿vos por casualidad sos de por aquí?

—Y como para qué —repuso ella.

—¿Conocés a un tal Heriberto Franco?

La copera se echó para atrás y se quedó perpleja:

—En un tiempo fue mi marido, si lo querés saber —dijo—, y según mi escaso entender el hombre era un desgraciado. ¿Qué sucede con su recuerdo?

—Vengo a buscarlo.

—¿Otro más que viene a asesinarlo?

—Vengo en son de paz.

—Pues venía...

—Necesito hablar con él, con vos no quiero ningún problema.

—Pero no se va a poder.

—He venido sólo a eso.

—Pues usted verá cómo hace, porque a Heriberto Franco lo mataron en Génova hace más de dos años.

Sin conseguir asimilar todavía el alcance de lo que estaba escuchando, Arturo Rendón preguntó:

—¿Me estás diciendo que mataron a Heriberto Franco?

—Lo mataron, así es.

—¿Lo viste muerto?

La copera puso sus manos en jarra y se sonrió:

—No acostumbro ir a ver a los muertos, mucho menos a quienes no quiero ver ni siquiera estando vivos —dijo.

—No te creo nada.

—Vaya entonces pregúntele al de la barra, primor, Valdivieso lo sabe todo.

Arturo Rendón tomó de la mano a su Gata, que a estas alturas abría y cerraba sus ojos y se resistía a aceptar lo que estaba pasando, y se desplazó con ella hasta la barra. Allí había un hombre medio dormido ojeando una revista:

—Hágame un favor, señor.

El hombre levantó sus ojos:

—Pues diga nada más, que para eso estamos —dijo.

—Ando buscando a Heriberto Franco, ¿usted lo conoce?

—¿Y usted quién es?

—Un viejo amigo suyo.

—Pues sería el único.

—He venido a buscarlo desde muy lejos.

El hombre del mostrador sonrió con amabilidad:

—Entonces perdió el viaje —dijo.

—¿Es verdad que lo mataron?

—Bien muerto está, señor, le cortaron la cabeza en Génova.

—Entonces sí fue cierto.

—Pues claro que fue cierto, mi propio hermano jura haber reconocido su cabeza.

—¿La cabeza?

—La cabeza, sí señor, junto con el cuerpo que más se le parecía. Mi hermano ayudó al armado de aquel rompecabezas.

Arturo Rendón sintió que lo cubría de repente un grueso sudario de escarcha y empezó a tiritar. Caminó hasta su mesa, como si acabara de envejecer una importante cantidad de años, y miró su rostro en el reflejo de la botella para ver cómo estaba. Pero no vio nada. Sirvió las dos copas, que trajo de regreso consigo hasta la barra, su Gata siempre a la zaga, como maullando. Y le ofreció una al tal Valdivieso. El hombre hizo un ademán de agradecimiento:

—Cuando estoy de servicio, ni una gota —dijo, levantando su dedo índice.

—Comprendo. Pero, dígame una cosa: ¿usted conoció bien a Heriberto Franco?

—Aquí se sentaba a beber todos los días y nos dejó a todos el recuerdo de sus canalladas y de sus cuentas pendientes. Pero en el fondo era todo un varón.

Arturo Rendón decidió no esperar más y pasó a preguntar a fondo. Su Gata, por causa de todo tan muda como derrumbada, ya casi no existía. Pero quería hacerse sentir. Pues desde donde estaba, a su zaga, él podía escuchar perfectamente el chirrido inicial de sus quijadas.

—Usted entonces debió tener noticia de las reliquias, ¿no es así?

—¿Cuáles reliquias?

—Heriberto Franco andaba para todas partes con unas reliquias de Gardel.

—¡Ah, ese envoltorio!

—¡Auténticas!

—Quién sabe.

—Yo lo certifico, señor.

—El tema me interesa.

El hombre no aguantó más. Trajo su propia copa y se sirvió un aguardiente doble:

—Es cierto que ahora mismo estoy de servicio, pero ante esta historia debo inclinarme —dijo—. Además, aquí soy el dueño. Suceden cosas en el mundo a las que hay que hacerles el honor.

—¡A su salud!

—¡Ayyyy! —gritó el hombre al beber.

—Todo ocurrió en mi presencia —insistió Arturo Rendón—, esas reliquias son mías y he venido por ellas.

—Lo que yo vi expuesto encima de este mostrador fue cosa de no creer —dijo Valdivieso azotando la tabla.

—¡Lo despedazó!

—Había de todo. Hasta tiras de pellejo y moños de pelo.

—¡Me lo suponía!

—Pero es una lástima.

—¿Qué?

—Toda esa maravilla se quemó cuando el incendio del café de la esquina, donde Jerala el árabe había abierto su museo.

Arturo Rendón sintió un estremecimiento:

—¿Todo?

—Se quemó, sí señor.

—¿Usted vio?

—Todos fuimos a ver, el incendio duró más de quince días.

Arturo Rendón abrazó a su Gata, que a estas alturas rezongaba y chillaba doblada por completo encima del mostrador. Ella se veía áspera. Estaba que se moría de la rabia y él le secó las dos lágrimas que habían comenzado a rodar por sus pómulos.

—Tranquila, ya veremos qué hacemos— le susurró al oído, mientras ella clavaba sus uñas en las tablas.

Luego le dijo al hombre:

—¿Usted escuchó por casualidad algo acerca de las mulas?

—¿Las del viaje de Gardel?

—Las mismas.

—Aún viven. Las tienen en una pesebrera, siguiendo por el camino que conduce al parque de los nevados.

Arturo Rendón miró el entablado del piso, largamente, y observó su brillo amarillo y sintió que por fin todo acababa. Al cabo de un rato regresó con su Gata hasta su mesa, para terminar de beber en silencio la media botella que faltaba. A estas alturas ella lo odiaba como a nadie en el mundo:

—Mañana a primera hora pienso buscar a mi tía —dijo—. Aquí termina todo, vos sos un farsante.

—Estás en tu derecho.

—¿Y qué pensás hacer ahora, irresponsable? ¡Mirá lo que me has hecho!

—Quiero ir a ver las mulas, yo sigo hasta el final.

—¿Vas a subir al nevado detrás del culo de unas putas mulas?

—Voy a verlas antes de morir, eso es todo.

—No entiendo nada.

—Yo menos, chica, pero ya estoy aquí.

—¡Estás loco! ¡Vos sos un malparido!

—Podría ser.

—El tango te mató, mirá cómo te dejó.

Arturo Rendón miró su propia ropa, como si se estuviera contemplando a sí mismo:

—¿Cómo creés que me dejó?

—¿Acaso no te das cuenta?

—Cambié de sentimientos, eso fue todo, ahora soy otro, entendélo.

—¿Y a dónde creés que vas a ir a parar con toda tu miseria?

—Dulcinea, vos tan linda, por favor....

—¡Soltáme!

—Está bien, hablá.

—Me quedaré con mi tía, pero ahora mismo vos te largás para el fin del mundo. Quiero verte empezar a caminar.

Hubo un prolongado silencio. Las caras eran puños, las piernas un solo zangoloteo. Y pidieron otra media botella y bebieron hasta anestesiarse y escucharon canciones profundas y solitarias y sus ojos se fueron poco a poco enrojeciendo.

—Tengo un sueño del putas —dijo por fin la Gata—, estoy que me caigo al suelo.

—¿Todavía te querés ir conmigo al hotel?

—Me toca, canalla, tengo mi ropa en tu maleta.

—Entonces vámonos de una vez.

Llegó la copera y Arturo Rendón pagó la cuenta.

La Gata miró con mucha rabia a la copera, escarbó con los pies y escupió en el suelo. Y comenzó a ronronear mientras avanzaba, tambaleándose, a veces con rabia, a veces caída de la borrachera y del sueño.

23

Noche umbría. Arturo Rendón se tiende en el camastro sin saber qué camino tomar. Mañana emprenderá su ascenso final por la ruta de los nevados, pero pasado mañana todo será absoluto abismo. Contemplará por última vez los lomos y las gastadas quijadas de Bolívar y de Alondra Manuela. Y al amanecer se despedirá con un gentil manojo de hierbas. Después ya encontrará qué hacer.

La Gata ya se ha lavado la cara en la jofaina. Ha tenido el valor de mirarse en el espejo y encima de todo ha ido a sentarse junto a la ventana. Trata de echar una ojeada a la calle pero sus ojos se le caen y empieza a cabecear. Arturo Rendón va por ella y la conduce hasta la cama. Le ayuda a desvestirse y ella se abandona a sus cuidados y se recuesta de lado y con sus piernas encogidas, como una niña. Al rato empieza a respirar más fuerte. El techo es de tablas y allí él observa viejas manchas de humedad, ligeramente redondeadas, de las mismas que había venido registrando a lo largo del viaje. La pintura ha saltado en escamas y por las hendijas se cuelan vientos de páramo que se precipitan hasta helar el lecho. Se aproxima al cuerpo de su Gata y siente su tibieza dormida. Y se arropa con las frazadas de lana y empieza a pensar en la aventura de mañana, rumbo a la región de los altos nevados.

Y ve por primera vez la cumbre cargada de ceniza de los montes y escucha el seco picoteo de los carpinteros, en aquella frontera boscosa donde la vegetación se había tornado negra y más arriba de la cual sólo crecían frailejones entre pajonales. Y volvió a contemplar la imagen que recorría el relato que lo había trastornado, como a Don Quijote. Gardel, hijo de Paul Lasserre aunque muy probablemente del coronel uruguayo Carlos Escayola, viniendo al mundo donde nadie al fin supo ni derivado de qué extraña semilla francesa, en un lugar que bien pudo ser Toulouse o Tacuarembó, en el Valle Edén, un día 11 de diciembre de 1890 o de cualquier otro año, él mismo queriendo ser la tiniebla de su propia noche tanto como de su propio origen. Y su madre otro enigma. Pero aun así Arturo Rendón lo está viendo ya en brazos de doña Bertha, en 1893, bajando del buque Don Pedro en el puerto de Buenos Aires. Y escucha mugir los barcos anclados en el puerto, en momentos en que atardece y está soplando un viento que no se sabe de dónde sale, salvo de un helado otoño. Y ve de nuevo los galpones de chapa, los baldíos, los rostros europeos recién desembarcados dedicados a construir el sentido de su nueva vida hecha de ilusión y desarraigo. Ahí están las imágenes de las curtiembres y sus olores podridos y penetrantes. Y pasan las carretas. Ahora el Francesito corretea por el Abasto, vestido con un delantal gris a cuadros y siempre bien peinado y con su ropa mejor planchada. El Abasto es casi un país, y de ese país es el niño cuya historia de cantor lo ha trastornado hasta conducirlo al pie de la región Umbría. Ahí está mamá Bertha, siempre planchando ropa, él jugando por ahí, en la calle, incorporando la sabiduría de la barriada. Y ya tiene casi once años y se matricula como aprendiz de artesano en la Escuela de Artes y Oficios de la calle Yapecú con Don Bosco. Pero él es del barrio y el barrio lo llama y lo hace suyo. Entonces lo ve de nuevo aparecer por detrás de las puertas de los camarines del teatro, enredado en los cortinajes, imitando a Caruso y haciendo como si tocara un instrumento de cuerda hecho del palo de cualquier cosa. Esteban Capot le imparte las primeras lecciones de guitarra y a cambio el joven le ayuda como albañil a construir su casa. Y lo ve en la fonda El Pajarito ensayando canzonetas, y para ganarse unas monedas aplaudiendo por contrato en los teatros. Pero ya es un compadrito hecho y derecho, y lo que hace que ahora sea un compadrito no es más que su nueva vestimenta, sumada a su otro modo de sentir y de vivir. Encara así su novedoso destino, asumiendo su nueva ropa y su otra sensibilidad. Y Arturo Rendón se puede ver entonces a sí mismo, cambiando también su ropa de arriero por la nueva ropa que habría de definir la segunda parte de su destino, como ahora, rumbo a la región Umbría, por el camino de los nevados. Y de un salto quedó sentado otra vez en el centro de la cama.

Todo esto que acababa de contemplar entre tanta lejanía lo había leído en libros que con el tiempo fueron cayendo en sus manos, de autores cuyos nombres ya no recordaba. Y esta lectura lo había trastornado. "La cabeza no aguanta demasiado aserrín", solía decir, tumbado encima de mesas donde había botellas desocupadas, en medio de rostros ausentes y ensimismados, nuevo Quijote urbano. Pero lo que más vino a contribuir a su trastorno fueron las letras de los tangos, los valses y las milongas. No sólo por lo que dichas letras decían acerca de la desesperanza en que había caído la existencia humana, llevada al límite de otro tipo de experiencia en la modernidad, sino por esa otra sensibilidad y ese otro modo de encarar la vida que allí había. Y fue hasta la ventana y se asomó para ver por última vez la calle desierta. Y vio las paredes en penumbra y la niebla esponjosa en los aleros. Pero de repente notó un extraño movimiento y observó que en la edificación de enfrente alguien corría la cortina y se ocultaba veloz en la oscuridad de la ventana. Bajó su mirada para hacer un barrido y observó pasar un perro en solitario. Desplazó un poco más sus ojos y vio, entreabierta, la puerta del café, allá abajo. Y percibió en la ranura del piso la mancha de luz que salía de adentro y escuchó la música. "También allí están vivos los hombres, muriendo de pie", pensó. Y observó pasar una mujer a través de la mancha de luz roja y la vio esconderse de nuevo tras la puerta. Y subió sus ojos y creyó ver el nombre del café, escrito en una tabla que colgaba encima de la puerta: "Café O'Rondeman", decía. Y supo que Umbría era una tierra extraña donde el mundo se repetía. En un café con el mismo nombre, en Buenos Aires, Charles Romualdo Gardés había cantado por primera vez haciéndose llamar Carlos Gardel. Y escuchó a lo lejos la voz del zorzal y supo que aquellos eran su timbre y su tesitura. "Todavía continúa cantando", se dijo. Y a pesar de su insomnio vio en el aire de su memoria los cómicos de las veredas y los hombres de los circos, los bailadores de las esquinas y los intérpretes de peines, peinetas y peinetones. Los guitarristas y los que molían la música en los organillos. Y vio también los patios de la casa de los Gigena, y escuchó el alboroto de los bailongos de María la Vasca y los escándalos de la Moreira, aquella gitana andaluza que se había amancebado con el Cívico y que vivía con relativo escándalo en el conventillo de Sarandí. Y vio las prostitutas de La Verde, todas a una vestidas de esmeralda, y la Casa de Laura, con sus patios interiores y sus salones, donde las putas cantaban en coro, como ángeles. Y dejó correr el tiempo y vio que el zorzal de otros días ahora parecía un cerdo con sus casi ciento veinte kilos, y luego lo vio pálido y delgado aunque cuidadosamente maquillado al lado de Imperio Argentina, la Mona Maris, Rosita Moreno, Trini Ramos, Susana Duller, Blanca Buscher y otras más, ataviadas con sus sombreros y sus cofias.

Y estaba perturbado contemplando aquello, cuando sintió que la cortina de la ventana de enfrente se movía de nuevo, de modo que a través del reflejo de la lámpara pudo ver la sombra de una pareja pasar bailando hasta perderse en la penumbra del costado contrario. El rostro del bailarín era el mismo de alguien que con el paso de los años habría de convertirse en Al Pacino, en su papel de Frank Slade, el Coronel, y el rostro de ella el de Gabrielle Anwar, interpretando a Donna. Abajo sonaba "Por una cabeza". Y fijó sus ojos y consiguió ver el paso de otra pareja en aquel baile, ahora hacia la derecha. Y vio los rostros de quienes en el futuro habrían de ser Cassiel y Raphaela, en su condición de Ángeles de esta tierra, y a Marion, la esposa del panadero, quien atendía la barra de "El Purgatorio", todos suspendidos en el aire de sus papeles en *Tan cerca y tan lejos*, dibujando siluetas callejeras que quedaron congeladas hasta por fin desaparecer, superpuestas a las siluetas siguientes, y que en instantes pasaron a quedar convertidas en otras y muchas más. Incluidas las de Marlon Brando con su media libra de mantequilla y la de Schwarzenegger, abrazado en la silueta del tango a la espía Skinner y después a Helen, su mujer, transformada en espía por el simple deseo de caer en el encanto de la aventura.

Si en el tango el bailarín da un traspiés o enreda los zapatos, si la vida es dura y hay que vivir suspendido en el aire y si cada noche es una pérdida y la existencia se ha marchado a vivir a la altura de los perros, de todos modos hay que continuar bailando, porque la vida es así y el mundo continúa girando. Metáforas del tango que la cultura de Occidente supo aislar para expresar el salto al vacío de la sensibilidad contemporánea, asociada a toda situación límite.

Entonces Arturo Rendón se apartó de la ventana y dibujó él mismo el primer paso en solitario, alargado y lento. Y dio un giro y se dobló sobre el cuerpo de su pareja imaginaria y ahí permaneció durante lo que pareció ser una eternidad. Luego, de un solo trazo dejó su cuerpo suspendido en posición vertical, revolvió el aire del piso con el pie y enseguida lo deslizó sobre las tablas, y sintió que un muslo penetraba entre sus piernas y que él lo envolvía mientras se quedaba congelado en el escaso dibujo de otra silueta. Y estaba en el movimiento siguiente cuando escuchó la carcajada de su Gata:

—¡Estás de remate, malparido, pero te adoro!

Arturo Rendón se quitó el zapato del pie izquierdo y se lo lanzó a la cabeza. Pero ella esquivó el golpe y dio la vuelta contra la pared de tablas y allí esperó, intimidada, a que el sueño volviera a visitarla, mientras su hombre retornaba a la ventana a tiritar tanto de rabia como de frío y de tristeza, porque sólo él entendía lo suyo y ella no entendía nada. Nunca antes se había sentido más solo y humillado. Ahora tenía claro que su Gata pertenecía a otro tiempo, tal vez el presente sin historia, donde los símbolos daban risa y sólo los signos sin contexto tenían prestigio y eran capaces de representar la lógica del nuevo mundo, del que él se sentía tan sólo un transeúnte.

24

El camión con el féretro y los veinte baúles llegó a la estación del ferrocarril cuando ya iban siendo las cuatro y veintisiete minutos de la tarde. El de Armenia, aquel día, era un cielo de diciembre y se veía claro y despejado. La noche de navidad estaba próxima y la zona de la estación se observaba adornada con festones de colores. De las paredes de las casas contiguas pendían abanicos y en las cuerdas del alumbrado colgaba un enredo de esqueletos y colas de cometas. Desperdicios que el viento de la tarde batía entre golondrinas y otras aves de paso. Gómez Tirado había viajado asomado a la ventanilla, adormilado ya por el aguardiente, y de vez en cuando se despertaba y se ponía a cantar a los gritos, como si antes no hubiera estado dormido. Por su parte, Heriberto Franco y Arturo Rendón habían hecho el tramo sentados en la plataforma, dando su espalda a la cabina y con los pies suspendidos en el aire, a tal punto que el polvo de cenizas volcánicas de la carretera se había apoderado no sólo de sus ojos sino de sus cabelleras y sus trajinadas ropas. Durante el viaje se habían venido presentando innumerables inconvenientes, que terminaron por hacerlo más extenuante de lo esperado. El camión perdía fuerzas a medida que avanzaba, y hubo un momento en que pareció que se detenía para siempre. Pero un puñado de agua fresca vertida en el radiador y la presencia de un segundo aire que salió de donde nadie pudo explicarse fueron suficientes para arrancarlo de su letargo, y después del mediodía se le pudo ver empujando con renovado ímpetu por las cuestas próximas al poblado de Arauca, aunque a cada rato estaba también devolviéndose como un cangrejo sin control hacia las profundidades de los ríos. "Si fuéramos en mula ya habríamos llegado", dijo en un momento desafortunado Gómez Tirado, desconsolado ante lo que estaba sucediendo. Pero el motorista se sintió herido en su amor propio y empezó a gruñir en solitario, motivo por el cual Gómez Tirado prefirió olvidar el asunto y se puso de nuevo a canturrear y a chupar de su cantimplora, mirando pasar las nubes a lo lejos.

El camión estacionó por fin ante la puerta de la bodega y todos descendieron de él y lo primero que hicieron fue sacudirse de encima el polvo que habían agarrado a lo largo de la travesía. En la plataforma esperaba el jefe de estación, sostenido por dos braceros corpulentos que llevaban el torso desnudo y usaban delantal de lona y rústicas sandalias de tela y cabuya. Gómez Tirado habló como pudo con el jefe de estación y los dos se entendieron como dos buenos borrachos y en el acto ya estaban abrazados y fueron hasta una banca cercana, donde se dedicaron a beber y a cantar. Desde allí emitían órdenes inconexas que nadie oía y que tampoco a nadie hacían falta. Entonces los braceros dieron un brinco por su propia cuenta y se colocaron junto al camión, y mientras Heriberto Franco y Arturo Rendón se remangaban la camisa ellos ya estaban bajando el féretro y de un solo golpe lo colocaron en la plataforma. Uno de ellos trepó al furgón y mientras lanzaba por el aire los baúles el otro los recibía abajo. Entre tanto, el motorista se daba golpes con su cachucha en los pliegues de su ropa. Y desentendido del asunto y con la conciencia de la labor cumplida fue a sentarse en un montículo, desde donde se puso a contemplar la tarde que arrastraba hermosos colores y ráfagas tan limpias como frescas. Heriberto y Arturo trataban de ayudar en lo que fuera, pero los braceros sabían lo que estaban haciendo y se comportaban como unos profesionales. Poco a poco la carga fue llevada a la bodega, y muy rápidamente se confundió con los incontables bultos de café y otras cajas con productos de exportación que iban con destino a Buenaventura. Y cuando terminaron de hacerlo todo, ya nadie sabía dónde estaba nada y la totalidad de lo que se veía era ahora simple carga y nada más. La dimensión simbólica había desaparecido y sólo quedaba a la vista de todos un montón de cajas negras y polvorientas.

Por una puerta que de repente se abrió apareció un hombre de apenas metro y medio de estatura, que hablaba tan delgado como una muchacha y que traía en sus manos un grueso marcador de tinta de cera, y todos lo vieron cuando se puso a dibujar signos sobre el féretro y encima de cada uno de los veinte baúles, mediante unas iniciales en clave que sólo él comprendía. Y los braceros, que eran implacables y trabajaban sin hablar, dijeron a los arrieros que ya todo había terminado y que se fueran retirando hacia la plataforma porque tenían que correr la puerta y colocar de nuevo los candados. Y fue así como corrieron la inmensa cortina metálica, con toda la fuerza de sus bíceps braquiales, y todos presenciaron cuando se deslizó en medio de un chirrido de rodachines oxidados por causa de la bosta de las vacas callejeras y el polvo reinante por el sector.

"Gardel se marcha para siempre, malparidos", masculló Arturo Rendón. Tenía tanta rabia como desolación y fue a sentarse en el borde de la plataforma, hasta donde llegaba el eco de las canciones que entonaban Gómez Tirado y el jefe de estación, abrazados y clavados como habían quedado en el escaño bajo el badajo de la campana. Y sintió que sobre su cabeza cubierta de polvo color azafrán comenzaba a circular un tiempo tan negro como vacío, y se miró las manos y las uñas y tuvo la convicción de que parte de él estaba también desapareciendo para siempre. Al rato vino Heriberto Franco, cuando ya oscurecía, y él sintió cuando se acomodó a su lado. Ya se había lavado tanto la cara como el cabello en la alberca de los fogoneros, y según lo que murmuraba debía entenderse que él estaba disponible para ir a sentarse en cualquier bar de por ahí, puesto que ya todo había concluido. Una cerveza helada no les vendría mal.

A la mañana siguiente todo parecía renacer. Pero cuando los expedicionarios despertaron de su letargo y abrieron sus ojos y se buscaron en sus cubículos de tablas de madera del hospedaje y se preguntaron cómo habían amanecido, encontraron que Arturo Rendón no estaba por parte alguna. En su lugar encontraron una boleta suya escrita en garabatos, que tan sólo decía: "Todos ustedes no son más que una parranda de malparidos hijos de puta y yo me devuelvo solo." Se carcajearon y salieron a buscarlo a los bares de la zona, donde habían estado bebiendo casi hasta el amanecer, pero no lo encontraron. Casi dos horas más tarde, después de indagar por él en todos los prostíbulos y cafetines del vecindario, entendieron su fracaso, corrieron en silencio y partieron de regreso para siempre. Y se perdieron en la distancia, dejando atrás, de nuevo, una inmensa bola de polvo color azafrán.

Tres días más tarde, cuando el tren partió por fin rumbo a Buenaventura, Arturo Rendón había logrado meterse en el furgón como ayudante de carga. Y se fue desvaneciendo en la memoria de aquel viaje por el Valle del Cauca y por las cumbres de la cordillera occidental, escuchando el pito de la locomotora y con los ojos y la ropa ahora espolvoreados de carbón. En Buenaventura perdió muy pronto el rumbo del féretro, y estuvo en la bahía despidiéndose de un buque que no era. Durante las noches que siguieron se vio envuelto en peleas inexplicables, con negros corpulentos que se reían de su tristeza y que bailaban todo el día no sólo con sus pies sino con ambos ojos. Y se perdió en solitario durante muchas semanas que se fueron transformando no sólo en meses sino en años.

Hasta que el arriero de otros días reapareció cierta noche en Medellín, con la apariencia de un sonámbulo. Estaba irreconocible. Vestía de otro modo y traía la cabeza tan entristecida como trastornada. Ahora vivía como propias las tragedias humanas que escuchaba narrar en las letras de las canciones y había comprado para sí un vestido de paño con chaleco cruzado y usaba sombrero oscuro de ala caída y tenía una corbata de pepitas por debajo de cuyo nudo solía atravesar un alfiler de oro. Y se había mandado poner dientes postizos que cepillaba cada que podía y se rociaba gomina en el cabello y se miraba en el espejo y de este modo sentía que ya era otro. Y que ese otro en el que había quedado convertido también hacía parte de él, hasta el punto de arrastrar a su antigua mitad hacia lo que ahora era. No lo había trastornado la escucha atenta de aquel texto de aventuras de caballería, leído por otros a retazos en el taller artesanal de su tío. Su trastorno provenía más bien del contacto con algo equivalente, tal como lo eran las letras de aquellas canciones donde se registraban las tragedias humanas de su tiempo, causadas por el advenimiento de una época de progreso que todo parecía diluirlo y ponerlo al servicio de su propia lógica: la velocidad productiva. Y el cadáver de Gardel se había convertido en el punto de partida de aquella transformación interior, no sólo de su sensibilidad, que ya era otra, sino del nuevo vestuario y de los nuevos modales que debían empezar a acompañar a ese cambio de sensibilidad, para que pudiera tenerse por completo. Arturo Rendón había decidido cambiar su armadura de arriero de los caminos por un vestido cruzado, un chaleco, una corbata de pepitas, la gomina para su cabellera, su bufanda y su sombrero.

25

Cuando Arturo Rendón abrió sus ojos encontró que la Gata ya se había levantado y permanecía sentada en el borde del lecho. "Ah, todavía estás aquí", murmuró. Trataron de mirarse pero no lo consiguieron. Tampoco se dirigieron la palabra. Ella se había bañado y todavía tenía el pelo húmedo. Pajarito de la mañana lluviosa. Y todo su cuerpo despedía un olor penetrante de jabón barato que él percibió de lejos. Se encontraba vestida y había reunido toda su ropa encima de sus rodillas, envuelta en hojas de papel periódico.

—Me voy —dijo ella por fin—, definitivamente vos sos un canalla.

Arturo Rendón dio un brinco y quedó sentado, pero no pronunció una sola palabra. Y también sin decir nada salió hacia el baño y al rato regresó con la toalla amarrada en la cintura, dando saltos. Olía al mismo jabón de ella y de su pelo caían al suelo gruesas gotas de agua. Se vistió como siempre, pero esta vez ella no quiso ni mirar el espectáculo. Más bien cerró sus ojos, y cuando debió abrirlos tuvo cuidado de mirar hacia otra parte. La Gata tenía mucha rabia de lo que había pasado y del modo cómo se habían esfumado en un instante sus cálculos y sus ilusiones. Y pensaba, sin pruebas, que su hombre tenía la culpa de todo. Juzgaba que él la había engatusado sin piedad para hacerla venir hasta las lejanías de Umbría sin tener ninguna seguridad de nada.

—¡He dicho que me voy, carajo! —volvió a decir.

—Yo también estoy casi listo.

Entonces al rato lo miró por última vez en aquella penumbra del aposento de Umbría, con su vestido completo y su pelo engominado y su sombrero, y no supo qué hacer, mucho menos qué decir. Ella se defendía a toda hora de tener que mirarlo más de la cuenta y, por el solo hecho de hacerlo, quedar atrapada de nuevo en la totalidad de sus encantos. Fue así como bajó los ojos y se puso a mover los muslos con agitación.

—Vámonos ya, que estoy que salgo corriendo —dijo ella.

—Vámonos.

Arturo Rendón echó en su maleta lo que encontró por ahí que fuera suyo, pero antes de cerrar revisó con cuidado lo que había adentro. Y sacó unos calzones:

—Esto es tuyo —le dijo, y el aire del aposento vio cuando la prenda trazaba una parábola.

—¡Ahhh!

—Así es como suceden las cosas —dijo él.

—¡Vos sos un malparido, te lo juro! ¡Ay, Dios!

—Vámonos, vámonos, que todo esto apesta.

Y cerró la maleta y ella rehizo su envoltorio y comenzaron a caminar y llegaron hasta la puerta. Entonces él sacó de su bolsillo un fajo de dinero y se lo entregó. La Gata recibió los billetes, los contó y se sonrió. Ahora se veía un poco más contenta y cuando bajó las escaleras lo hizo dando brincos.

—No sé si nos volvamos a encontrar algún día —dijo ella al sentir el brillo del sol de los nevados encima de su pelo, llegando a la esquina.

—Probablemente, puesto que el mundo no es tan demasiado grande.

—Dicen que mi tía todavía vive en la misma casa.

—Tendrás que ir a ver.

Pasaron por la calle del comercio, rumbo a la plaza, y entraron a un restaurante y tomaron el desayuno. Y mientras comían no hablaron de nada ni fueron capaces de mirarse a los ojos y ni siquiera mencionaron la fresca transparencia de la mañana. Y fue apenas entonces cuando escucharon el llamado de las campanas, y vieron a lo lejos un tumulto. Por lo cual pensaron que pudiera tratarse de una nueva masacre. Pero no fue así, pues muy pronto vieron en la distancia imágenes de santos que eran llevadas en hombros por hombres que avanzaban de rodillas mientras eran flagelados, y escucharon a la multitud cuando cantaba salmos y dolorosas quejumbres religiosas.

—Vamos a ver aunque sea la procesión —dijo ella.

—Será.

—¿No querés?

—Miráme vos, con esta maleta.

—No importa, vamos, eso ni te quita ni te pone.

Caminaron de prisa. Y llegaron a tiempo a la esquina de la iglesia y vieron pasar las primeras imágenes, que se precipitaban hacia la hondonada. Al frente avanzaba la representación de la virgen, destrozada de dolor. Por sus mejillas descendían dos lagrimones cuyo brillo parecía auténtico. Tenía su túnica manchada de sangre y en la nuca alguien le había agregado un machetazo con gran imaginación. Pero aun así su cabeza no había alcanzado a rodar por el suelo. Y vieron sus ojos y los encontraron desocupados, tal y como si le hubieran sido vaciados con puntas de agujas capoteras. Parte de su cabellera estaba desprendida y en sus brazos todavía se observaban frescas las señales de su hijo, que le acababa de ser arrancado y degollado para enseguida ser abandonado y tirado al suelo entre el rastrojo. Más atrás vieron la imagen de Cristo, bajo la forma de sagrado corazón, alrededor de la cual el pueblo Umbrío se aglomeraba para vociferar con demasiada frecuencia sobre su destino y su historia. En vez de espinas, su corona llevaba clavos para herrar mulas, y se hacía evidente que alguien los había martillado hasta hundirlos del todo en la materia. La figura iba medio desnuda en el centro de semejante frío, y por la mancha de sangre que cubría la entrepierna se veía que le habían sido cercenados sus genitales, cosa que se hizo evidente cuando observaron su rostro y vieron que de sus labios colgaban sus propios testículos, como hojas ya secas. Y cuando el viento hizo una grieta en las túnicas sangrantes, todos vieron su vientre tan abierto como desocupado, de un frescor rosa pálido, como si el cuerpo hubiera permanecido durante varios días en la profundidad de un estanque. Y todos estaban tan absortos ante el espectáculo de aquellas heridas honradas por la imaginación popular, que Arturo Rendón llegó a representarse la religiosidad de Umbría como una especie de sed que sólo conseguía ser mitigada mediante el contacto con tan elevadas dosis. Pues se sabía además que en Umbría se devoraba aún carne de semejantes y que su pueblo podía considerarse como una especie de tribu de locos hundida todavía en lo sagrado, dominada por el imperio de un universo iconográfico ligado al sufrimiento y a los más arcaicos ritos sacrificiales. Y de todo eso había nacido un país.

Pasaron así en fila más de una docena de imágenes, que todos vieron precipitarse enseguida hacia la negra hondonada. Y el pueblo Umbrío se dedicó a cantar salmos por un buen rato y enseguida se puso a dar vueltas por el caserío, con los ojos aturdidos por el peso de la penumbra, y fue así como muchos entraron a los bares y se pusieron a beber y a escuchar las canciones más tristes de la tierra, que por estos lados ya atardecía. Y quienes transitaban por las aceras sentían que eran ocupados de repente por la misma clase de sombra, cuando en los cafetines ya empezaban los hombres a acariciarse con sus puñales y las coperas y las putas debían ocuparse de lavar con creolina la sangre derramada, antes de que perturbara con su presencia el brillo de los pisos.

Arturo Rendón se despidió de su Gata con un frío y seco adiós, y la vio marcharse dando brincos por el viejo sendero que conducía a casa de su tía. Caminó con su maleta encima de su hombro durante varias horas, hasta que de tanto andar llegó a una región boscosa atravesada de manantiales que alimentaban los nevados. Corría un viento muy frío, que en su sombrero formaba ruidos como de navajas cortando fajos. Sorteó de prisa la región de los bosques y vio aparecer una especie de pared por donde el camino subía en medio de suelos de pizarra amarilla y peñas color negro. Y observó a lo lejos, por las grandes grietas que formaba el camino entre las rocas, la inmensa sombra de los nevados. "Ya voy llegando", murmuró. Y terminó de escalar aquella pared, maleta al hombro, y después de casi una hora se abrió ante sus ojos un pequeño valle color ceniza cuyo cielo era del tono de las violetas. Allí los pastos estaban calcinados y sólo conseguían sobrevivir algunos frailejones y salteadas manchas vegetales que parecían conformadas por milenarios helechos del color del plomo. Y se adentró por aquel valle y hacia el final vislumbró en el crepúsculo la silueta de la pesebrera, y sobre ella una columna de humo azul que subía al cielo.

Atendió a su llamado un hombre rústico, bastante viejo pero bien conservado, que tenía los cachetes amoratados a causa de la intemperie. Detrás de él asomó una mujer, cuyo rostro no pudo detallar y que muy rápido desapareció por donde brotaba el humo y la oscuridad se tornaba impenetrable. Arturo Rendón se había despojado de su sombrero, y el viejo se quedó mirándolo tanto a él como a su maleta, sin saber qué decir. Enterado del motivo de la visita, el viejo hizo un gesto de desagrado pero aun así lo invitó a seguir hasta la pesebrera.

—Mírelos ahí, todavía no se han muerto —dijo.

Arturo Rendón se acercó hasta los cajones donde los animales comían cáscaras de papa bañadas con miel, y lo primero que hizo fue asomarse a sus quijadas para constatar la autenticidad de las marcas.

—Éstos son los animales que busco —murmuró Arturo Rendón.

—Claro que lo son —dijo el viejo, descansando una de sus manos en la cruz de Alondra Manuela.

—No sé cuánto pide por ellos.

—No están en venta, señor, y mucho menos si van para las fauces de los leones.

—He venido de muy lejos.

—No es culpa mía, yo a nadie he llamado hasta esta lejanía.

Arturo Rendón no necesitó de más palabras:

—Parece que usted conoce el valor de lo que tiene —dijo.

—Conozco la historia, sí señor, y valoro como ninguno su significado.

Afuera oscurecía todavía más en toda la región Umbría y el frío calaba los huesos. De repente apareció en la pesebrera la anciana de antes totalmente envuelta en trapos. Traía café negro y en un plato aparte panes de maíz. Arturo Rendón fue a sentarse en un banco de madera y allí comió, pensativo, respondiendo con monosílabos que caían de su boca la conversación un poco más animada del casero.

—Puede quedarse a dormir en el refugio esta noche —dijo el viejo—. Tengo alcobas disponibles para los peregrinos que se atreven a lanzarle arañazos a esta lejanía.

—Me quedaré.

—En muchas leguas a la redonda no encontrará una sola casa.

—Ya lo sé.

Después de tomar los alimentos el frío se hizo mucho más intenso. El cielo quedó convertido de pronto en un océano negro y todos debieron correr a enfundarse en adicionales y más gruesos capotes de monte. Los viejos no paraban su palabreo de cotorras y Arturo Rendón tiritaba y bebía tazas de café hirviente mientras encendía uno tras otro sus chicotes. Hasta que llegó la hora de ir a dormir y al rato todo fue silencio. Sólo se escuchaba el aleteo de las lechuzas en los postes de las alambradas y en las copas de los cedros. Pasaron las horas y Arturo Rendón sintió que no conseguía dormir y cuando calculó que la noche se había partido saltó de las cobijas, encendió la lámpara, se enfundó en otros tres capotes de monte y empezó a caminar hacia la pesebrera. Afuera, por los corredores, los perros ladraron durante un rato, pero muy pronto empezaron a silenciarse y sus aullidos terminaron por desaparecer en la inmensidad.

Abrió la puerta y vio allí los animales, resoplando a un costado de los cajones. Los alumbró con su lámpara y se aproximó para observar de cerca sus cabezas y sus flancos y olfatear el aliento de sus pieles y la dulce vaharada que brotaba por sus narices. Había al lado una vieja canoa desocupada y de un brinco se sentó en ella. Los animales se acercaron a él y empezaron a lamer sus ropas saladas. Adelantó una de sus manos y la pasó por el cuello de Alondra Manuela. La mula estiró su cuello y con sus belfos se dedicó a remover el cabello de su frente. Al lado, Bolívar resoplaba agachado mientras azotaba su cola contra sus secos ijares. Entonces Arturo Rendón sopló hasta apagar la llama de su lámpara y se tendió en la canoa y su cuerpo negro fue como un ofrecimiento a la noche. Lejanía a la que por fin había llegado, final de todas las cosas que él con tanto fervor había amado en la vida. Y lloró en silencio, y las lenguas de los animales pasaron al rato por su rostro e incluso se detuvieron en la concavidad amoratada de sus ojos.

El retorno desde la región de los nevados hasta Umbría fue azaroso. Arturo Rendón se despidió de los ancianos, pagó su hospedaje y empezó a despachar el sendero de regreso, siempre en descenso. De vez en cuando volteaba a mirar a su espalda y veía a lo lejos la sombra oscura de los nevados en medio de farallones rocosos y siempre bajo un cielo violeta. Pasó por el pequeño valle, descendió por la pared de pizarras amarillas, entró en el bosque oscuro y bebió agua en los manantiales helados del día anterior. Y durante todo el viaje debió enfrentar el viento, que cortó a cada instante con su cuerpo como con el filo de un cuchillo. Y lo escuchó silbar en la abotonadura de su saco y pasar rasante a través del ala de su sombrero. Hasta que pisó por fin las primeras piedras de Umbría. Fue corriendo a la plaza del mercado, y una hora más tarde avanzaba trepado en la berlina, asomado a la ventanilla del puesto delantero, rumbo a Anserma. Y pensó en el recuerdo de su Gata, pero en el acto hizo un gesto y levantó los hombros.

Después de pasar por el rancherío del otro día, ante cuyos niños hinchados y desnudos, perros y cerdos Arturo Rendón tuvo por primera vez el presentimiento de su muerte, la berlina tomó su descenso hacia el lecho del río. Enfrentaron con éxito varias curvas peligrosas, después de las cuales el motorista gritaba de júbilo, pues lo cierto era que casi no sabía manejar el aparato y se trataba de la primera vez que asumía totalmente por su cuenta semejante responsabilidad. Los pasajeros disfrutaban del espectáculo lanzando carcajadas que se desvanecían en las vueltas, al tiempo que se encomendaban a todos los santos, como si los que estuvieran a las puertas de la muerte fueran otros. Y así consiguieron descender al lecho del río y pasar por encima de las aguas sin necesidad de otros esfuerzos, y empezaron a trepar otra vez hacia la cordillera, ahora envueltos en una especie de hongo de polvo color zapote. Y el conductor no dejaba de gritar en cada uno de aquellos obstáculos que conseguía sortear con éxito, hasta que entraron todos en una especie de frenesí de la muerte y empezaron a cantar. Pero nadie advirtió el caballo que se había atravesado en la vía. El conductor le hizo el primer quite aunque después de pasar por encima de las alambradas la berlina dio tres vueltas y quedó incrustada en una zanja. La gasolina se apoderó no tanto de la carrocería como de los cuerpos medio zonzos y muertos, y en el acto se produjo el estallido. Una gran llamarada se observó desde lejos, y todavía al amanecer del día siguiente el fuego no se había terminado de extinguir.

La caravana de Gardel
se imprimió en los talleres de
Impresos y Acabados Marbeth, S.A. de C.V.
Privada de Álamo núm. 35, colonia Arenal
México, D.F.

Impreso y hecho en México
Printed and made in Mexico